diandeng xunjing

点灯寻境

小森 —— 著

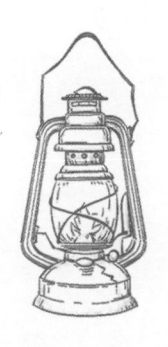

图书在版编目(CIP)数据

点灯寻境 / 小森著. —重庆: 重庆出版社, 2021.12
ISBN 978-7-229-16097-5

Ⅰ.①点… Ⅱ.①小… Ⅲ.①幻想小说—中国—当代 Ⅳ.①I247.5

中国版本图书馆CIP数据核字(2021)第203465号

点灯寻境
DIANDENG XUNJING

小森 著

责任编辑：谢雨洁
责任校对：杨 婧
装帧设计：王芳甜
封面插图：喻 巧

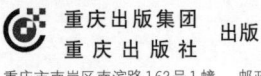

重庆出版集团 出版
重庆出版社

重庆市南岸区南滨路162号1幢 邮政编码：400061
重庆三达广告印务装璜有限公司印刷
重庆出版集团图书发行有限公司发行
全国新华书店经销

开本：889mm×1194mm 1/32 印张：6.5 字数：200千
2021年12月第1版 2021年12月第1次印刷
ISBN 978-7-229-16097-5
定价：42.00元

如有印装质量问题，请向本集团图书发行公司调换：023-61520678

版权所有 侵权必究

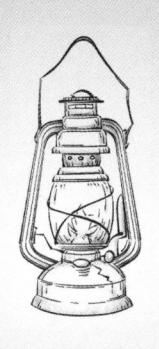

我划亮火柴将煤油灯点亮，
习惯性地往煤油灯的油嘴处看，
一条歪歪扭扭、从油盖蔓延到油壶的裂缝，
一下撕开了我的记忆幕布。

目录

001
第 1 章 捡到灯的人,并不是张鑫

021
第 2 章 光着脚的歌声

059
第 3 章 竹竿上的鸟笼

099
第 4 章 "自废功力"的运动会

131

第 5 章　不想当开心果的银杏果

167

第 6 章　无关紧要的问题

185

第 7 章　第一次告白

201

第 8 章　尾声

第 1 章

捡到灯的人，
并不是张鑫

DIANDENG
XUNJING

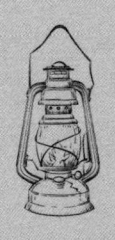

邹雨岳提着大包小包从屋里出来，一辆墨绿色的摩托车冲过来挡住了她的去路，现如今，送快递的比谁都着急。

"邹雨岳住这儿吗？"

雨岳指了指自己。

快递员从摩托车后侧袋子里拿出一个包裹递给她，不作停留，又匆忙赶去了下家。

贴在包裹上的寄件单，写着寄件人姓名，林友。一个雨岳完全陌生的名字。

寄出的时间是 2015 年 4 月 23 日，今天是寄出后的第三天。可最近雨岳并没有上网购物，她也不记得有谁要给自己寄东西，眼下还有事，雨岳打开车门随手将邮件扔在了副驾驶座上，开着车出了庄园。

油门越踩越深，汽车正不断地往坡上开。车道在一个路段突然就变宽了，马路中央出现了一段石阶，石阶两侧用凿有各种花形的石板围着，雨岳转动方向盘，贴近道路右面走。石阶路的尽头，也是马路的尽头，那里是周正村的大林寺，再过几天就要举办祈福活动了。雨岳打开车窗，听着寺庙上空传来的风铎声，真是轻盈空灵。

雨岳是嫁到周正村来的，而现在她要回的娘家在更远一些的周全镇上，周全镇的管辖范围包含周正村，开车到镇上的任何一个村庄，都不需要太久。

没一会儿雨岳就到家了。她将车停在后门，那里有一片宽敞的水泥地，而自家前门紧挨着一条老街，只方便自行车、摩托车通行。家里所有门都开着，天空越来越阴沉，已经飘起了雨点子，雨岳拎着东西快步跑进家，逐一把门关上。

"爸。"雨岳将已经化出水的两袋菜拿去厨房，顶上的楼板传来"咚咚"声，她便立刻上了二楼，看到戴着老花镜的爸爸邹华亭正弯着腰，费劲地拖着一大箱的书。

"您忙什么呢？"

"回来啦？"

"要帮忙吗？"雨岳走上前。

邹华亭却端了张小板凳，坐在了箱子前："这里光线好。"

走廊的位置正对着家中的玻璃顶，平时光线最好，但现在下雨了，雨岳瞧哪儿都暗，一拳砸在按钮上，灯一亮，马上就亮堂了。

"干吗开灯！"

雨岳不理会地蹲在邹华亭身边，看着箱子里的那些教材资料——邹华亭在初中当数学老师，所以里面都是些无趣的数学课本。

"您说您费什么劲，把学生喊家里来补课，又不收补习费，还一天到晚地准备补习资料，您点个灯都心疼，怎么就

{ 第1章 }
捡到灯的人,并不是张鑫

不算算油墨钱?"雨岳随手拿起一本单线册,前面半本没写字,但后面却写得满满的,从后往前写的习惯!雨岳盯着封面姓名处的一个"晴"字,又默默合了起来,将本子塞远了些。

邹华亭笑着没反驳,不断翻着箱子里的旧书,还忍不住向雨岳抱怨两句,"现在的学生是越来越滑头了,我测试用的那套试题,他们在书店也买了一套,我每周三测试,他们周二晚上就提前把卷子做一遍,你说这还是数学考试吗?这是背试卷!平时都能考满分,一到大考,那个分数我都不好意思说。"

邹华亭越说眉头皱得越紧,雨岳见他盯着手中的一本书,突然就不动了,便凑上去问:"怎么了?"

邹华亭正拿着一本数学练习册,上面的名字是……

"林友?"雨岳猛地记起车里的包裹,一把夺过了练习册,"还是小学四年级?"

邹华亭有些不明所以。

雨岳前后翻了翻,练习册里夹着一张小纸片。

"林友,

我很喜欢你,最近你是不是常在课桌抽屉里发现用铁丝折的'爱心'?那都是我做的。希望我的表白不会影响你,如果影响了,我也没办法。还我书的时候,请给我你的回信。

朱健"

"这算……情书吗?"

邹华亭撇了撇嘴。

"也没写哪个班级?"

"可能就一个班吧。"邹华亭提醒道。

雨岳能理解,自己从小念的是镇上的中心小学,每个年级都有四到五个班,但周全镇的各个村都有自己的村属小学,这样的学校人数少,一个年级一个班,也不过十几二十人,后来也因为生源太少,断断续续地合并进了中心学校。

"这个林友,是您学生吗?"

邹华亭仰起头,拣出一本有用的习题册放到一边:"你等一下啊。"

邹华亭突然起身去了卧室,回来时手里拿着一个黄色信封,"这都是以前的毕业照,好像比你低一级吧。"

"您说林友?"

"嗯,不是3班就是4班的。"

雨岳想着自己读初一是在2001年,那这个林友就应该是2002级的。照片依照顺序而放,雨岳很快就找到了02级的。毕业照下方都依照队伍顺序印着名字,雨岳拿起3班的照片依次找去:"哦!您还真教过,这有个叫林友的。"

邹华亭拿过照片,那位叫林友的女孩,长着一张瓜子小脸,短短的头发,很显男孩子气,但五官又很清秀,是那种干净又有个性的女生长相。

"您记得她吗?"雨岳再次在心中确认,自己不认识这张面孔。

"嗯……她语文很好。"邹华亭一脸平静地将照片放到一边。

"您不是数学老师嘛?"

{第1章}
捡到灯的人，并不是张鑫

"我记得她当时作文还拿过奖，咱们初中，能获奖的学生没有几个，当时承老师别提多高兴了，我记得他当年在办公室又蹦又跳，作为辅导老师，还拿了一笔奖金，就是没请客。"

雨岳看着照片上站在爸爸身旁的承老师，两个中年男人，一个教数学一个教语文，做了快一辈子的搭档。

"不过我就在她初中的时候教过她，怎么小学的练习册会跑来咱们家呢？"

"您不也给小学生上补习课吗？"雨岳提醒道。

"那也只给六年级补。"

雨岳弄不明白了，自己的印象里从来没有过林友这个人，但现在却发现与她并不是没有交集。

翻阅了一会儿练习册，想到还得回庄园帮忙，雨岳便催促邹华亭挪一挪步，她带来的菜还放在厨房，得教他怎么热，也得替他分好每顿的分量，收拾进冰箱。

"你不用给我送菜，我吃不了那么多。"邹华亭每次都是这种态度。

"又来，这可是您女婿的一番心意，昨天是他第一次掌勺烧喜宴，46桌呢！"

"金源这么厉害了？"邹华亭总是不看好当厨子的女婿。

"反正是金源同学的婚礼，他烧砸了人家也不会说什么。不过您放心，金源没掉链子，我给您带的也都是出锅的第一碗，专门给您留的。"雨岳两手压着邹华亭的肩膀往楼下去，"对了，马上就是祈福活动了，您参加吗？"

走进楼道的邹华亭像褪了一层颜色："我又不是周正村的。"声音也变了个调。

"那我还是替您把祈福费交了吧,就当做善事。"

"随你好了。"

雨岳的神色也黯淡起来,但一出楼梯,又立刻换成了笑脸,推着邹华亭往厨房走。

一直到开车离开,雨岳都没有提收到林友包裹的事。但一回到庄园,她就迫不及待地坐在车里拆了起来。

包裹像书本般大小,拿在手里,依照不轻不重的分量,似乎就是本书。包裹打开后,果然是一本"书"!

一本标准的硬面册!表皮是不怎么好看的橘粉色,上面点缀着大小不一的金色斑点。"怎么送笔记本?"

雨岳打量着这本并不符合她审美的硬面册,看到侧面,纸张已经发黄,还有一些延伸出的墨迹,这显然不是一本新本子,里面已经写了东西。

翻看第一页,

(完)

耍人的?翻过第一页,密密麻麻的字迹便闯入眼帘,雨岳顺势往后翻,一下翻出两张长条形的纸片,是两张门票。"《第一次告白》,音乐剧?"

雨岳彻底摸不着头脑了,文字也寻不到开头。雨岳干脆翻到最后一页,硕大的字迹写成了竖排,还用书名号括了起来——《点灯寻境》,雨岳心中一惊,这是从后往前写的!翻过这一页,就出现了第一章的标题:

(一)捡到灯的人,并不是张鑫

"张鑫!"

{第1章}
捡到灯的人，并不是张鑫

这个名字几乎立即就对上了号，因为雨岳的丈夫金源，昨天第一次替代身体不适的公公出去烧了喜宴，46桌，办的就是张鑫的婚礼。张鑫和金源以前是同班同学，而雨岳作为比他们小一届的学妹，如果不是和金源结了婚，她一直对张鑫更有印象。说句不夸张的，当时全校没几个女生不暗恋张鑫。

"难道是校草的情债记录本吗？为什么要寄到厨子家？"

话虽这么说，雨岳却被勾起了兴致，既然收件人是她，那就不客气地先读为快了……

（一）捡到灯的人，并不是张鑫

我叫林友，2010年时，我20岁，正读大二。

2010年5月初，我从大学赶回周正村，外婆生了重病，要我回来替她参加祈福活动，看到病重中的外婆，我萌生了想要休学一年、回来照顾她的想法。我将这个想法告诉张鑫，他当时已经开始实习，一通电话，就听到再熟悉不过的责备声。

几乎每次都是这样，我原本是有事找他商量，但一听他反对的语气，就止不住着急上火。张鑫总怪我主意太多，每当这时，我们又免不了发生争吵。

我与张鑫相恋一年，已经显露出太多的问题，我们隔三差五就会因为一些小事而起矛盾。我被这种周而复始的争吵弄得很疲惫，也想不出什么好的缓解方法，或许最好的方法就是分手，但我还是决定缓一缓，让彼此冷静下来，再作考虑。

参加完当晚的村宴，我便去大林寺祈福，祈福活动的最后一项是抄经，我当时排队领灯，僧人在繁多的煤油灯里，随意挑了一盏递给我。我划亮火柴将煤油灯点亮，习惯性地往煤油灯的油嘴处看，一条歪歪扭扭、从油盖蔓延到油壶的裂缝，一下撕开了我的记忆幕布，我对它太熟悉了，初次见它时是7年前，我13岁，当时正读初一。

初一时的我，还是个彻头彻尾没有耐心的小姑娘，每年都是被外婆逼着去大林寺祈福，每次都嘟嘟囔囔，心不甘情不愿，尤其讨厌抄经。当年，在我终于抄完那份冗长的经文后，整个人虚脱地趴在桌上，等着发麻的双腿慢慢恢复知觉。目光游离的我，注意力不知不觉中被桌角上的那盏煤油灯勾了去。我从来没注意过，煤油灯上会趴着一条歪歪扭扭的裂缝，凑近一些，甚至还能看到里面亮闪闪的灯油，灯油渗透进灯芯，燃起摇曳的火焰，我鬼使神差地伸出一根手指，将它按在玻璃罩上方的金属外壳上……烤肉就是这个道理！

我从座位上跳起来，发麻的双腿让我狠狠地摔在草垫上，但还是火速冲去厕所，长时间地霸占了一个水龙头，不断地给我那根受伤的食指冲水。等我终于能够忍受了，我的食指也很配合地鼓起了一个白色水泡。

我吹着手指回到抄经处，发现毛笔和经文都被收走了，这倒无关紧要，僧人本就在转悠着忙碌这些事。但我的灯不见了！

大林寺祈福求灯的惯例，是抄完经后必须将煤油灯带回家中，不论是静置还是点燃，最早一周后归还，最迟五月底交回。可我的灯却不见了！

{ 第1章 }
捡到灯的人,并不是张鑫

收经的胖僧人安慰我,应该是有人以为我把灯遗忘了,所以拿走了煤油灯,不过大林寺从来没出现过不还灯的情况,所以不用太担心,早晚是会还回来的。我没有别的选择,只能盼着那位多管闲事的人早日把我的灯还回来。

之后的一个月,我都会在每周六的晚上赶去大林寺的收灯处,和僧人在一起检阅那些归还的煤油灯,但最后一周,也是月底的还灯日,我迟到了。

那一天,我临近午夜才冲去收灯处,僧人一见我,就直摇头,他们已经替我查过了,我的灯没被还回来,清点完数量,就缺我那一盏。我当时失落极了,蹲在那一堆煤油灯前。可就在这时,门外传来一个响亮的声音:"我捡到了一盏灯。"

过来还灯的人是张鑫,我到现在还记得他提着灯的模样,白衬衫白皮肤,在夜色里闪闪发光。就算他不给我还灯,我对他也有印象。张鑫高我两级,是很多女生的暗恋对象,从他替我还灯的那刻起,我也毫不犹豫地加入了暗恋他的队伍。

所以当我20岁,再次巧合地拿到那盏满是回忆的煤油灯时,我心里想的,就是在祈福完后回去向张鑫服软,我觉得那盏有裂纹的煤油灯是在提醒我,好不容易向自己一直暗恋的男生表白成功,怎么能因为一些小事就分开呢?我们还是应该在一起的。

可这个想法,在我当晚坐上草垫,盘起腿,描好经文上的第一个字后,就开始动摇了。

煤油灯的光亮本就昏黄,大林寺或许要的

就是这个效果,营造出一种不清不楚,但又神秘兮兮的氛围,而我越发觉得自己的视线出了问题,那薄薄的经文纸片变得越来越透明,穿过那层透明的纸,我仿佛看到了一双原地站着的脚,穿着运动鞋,鞋面往上是骨节分明的踝关节、纤瘦的小腿,我的视线被定在了一个……男生的膝盖处。我环顾了一圈,只看到昏暗的路灯照出不远处的一段石阶。

我的视线停了一会儿,男生开始挪步,他转身跨过一个木门槛。他一开始走路,我反而替他担心,为什么他的脚步那么拖沓又绵软,爬台阶时还伴随着摇摆。他在走廊上拐了好几次,我的视线终于趋于稳定。他弯下腰,就差一点儿,我就要看到他的面孔了,但很可惜,他又直起了身子,转过身,背对着我走进了黑暗中。

我的视线停留在了一个院子里,能看到空荡荡、黑漆漆的水泥地,我觉得四周的环境很熟悉,似乎之前就见过。过了好一会儿,院子里出现了一个身影,他越走越近,身上的白衬衫在夜色里带着光,我逐渐看清了他的脸,是张鑫。他似乎有些费解,左右看了看,又原地等了一会儿,最后伸出右手,更加向我靠近。我的视线被抬高了,又立刻压了下去,接下来,我的目光都锁定在张鑫的身侧,他的个头相较之前的男孩,要高出不少。

我跟着张鑫摇摇晃晃地往前走,直到看到一个有光亮的房间,门外立着"收灯处"的牌子。我的心"扑通"直跳,我知道接下来我会看到什么,两个一胖一瘦的僧人,还有一个人蹲在煤油灯前,挂着两行泪,一边的脸颊红通通地肿胀着,一个鼻孔里还塞着止血棉花——那正是13岁的我,在最后一个还灯日,因为被我妈呼了个巴掌,所以我迟到了。

{第1章}
捡到灯的人,并不是张鑫

我听到张鑫响亮的声音:"我捡到了一盏灯。"

他确实捡到了一盏灯,但看样子他并不是真正捡到它的人……

我想我不至于和张鑫吵了一架,就神志不清到幻想自己被关进了一盏煤油灯里!所以,回家后我安顿好外婆入睡,再一次点燃了煤油灯,想看看是否还会出现什么奇怪的情形。而事实证明,这盏煤油灯确实存在问题——灯芯一经点燃,我就感觉身边的环境变了。

这回的场景有些奇怪,人声鼎沸,还伴随着很熟悉的音乐声,喇叭里还在不断重复着一个声响:"请参加女子200米预赛的同学到检录处检录。"

我感觉到有人过来拍我的肩膀,一回头,是个脑袋上方拱起两个"犄角"的女生,她冲我嚷嚷道:"林友,检录!检录!"

我终于反应过来,这是运动会,依照四周的场景,运动场、零食店、教学楼,不远处还有食堂,这是在中心小学举办的运动会。

我在同学的催促下赶去检录处,面红耳赤的体育老师举着喇叭在报号码,我听到了与我胸口一致的号码,后面还跟着我的名字。我立刻排进了指定的队伍,队伍最前方竖着一块木牌,上面写着"四年级"。而身旁,长长短短的队伍里也是各个年级的参赛学生。

我是到五年级才转去的中心学校,而四年级的时候,我还在读周正村的乡村小学,我记得那是我人生中参加的第一场运动会,而四年级之前我们并没有参赛资格,只能当观众。

我紧张地排在队伍里，老师每报一个号码，我的紧张都加剧一分。直到听到一串数字后面出现"万一"这个奇怪的名字，队伍里发出了笑声，我的紧张也有所缓和。一个长着细长眼睛、大腿明显要比其他人粗壮的女生走进了队伍，她举了一下手，示意她就是"万一"。她和身边的人说着话，对自己名字引起的关注似乎已经习以为常。老师点完最后一个六年级女生的名字，便让举牌子的女生带着我们往出发点去。

周正村的学校连煤渣跑道都没有，我们平时都是绕着村子跑步，我当时根本不懂什么规则，只隐约记得老师说过要抢跑道。作为四年级的学生，我在第一支队伍，第一个跑。我的道次现在看来还不错，第四道。发令枪响后，我的第一反应就是抢跑道！虽然我现在知道不该抢，但四年级的我，根本不受大二的我控制，毫不犹豫就抢了。犯错的当然也不是我一个，所有人都在抢，只是苦了第一道的学生，她是唯一一个跑满200米的选手。

我们四年级的那场预赛，一片混乱，跑到终点，司令台上拿秒表计时的老师笑成了一团。凶神恶煞的体育老师让我们站在场地边学习接下来的比赛，好好看清规则。我当时像个愣头青一样挤在队伍里，看着接下来一场接一场都没有抢跑道、也没什么意思的比赛，直到那位"万一"出现。

她确实是因为名字吸引了我的注意，但更引人注目的是她的跑步速度。当发令枪响，我就看到"万一"像箭一样射了出去，她在很短的时间里就超越了最外道，那是一种匪夷所思的超越，进入直道就只看到她一个人在奔跑了。当她冲过终点时，比第二名快了近20米。这还仅仅是预赛。

{ 第1章 }
捡到灯的人，并不是张鑫

可决赛时，"万一"再一次让我感到震惊，因为她不仅参加了200米，还同时参加了800米。就算是奥运会选手，也很少有人能同时兼顾这两项，但"万一"就这么干了。

当800米比赛开始，跑道中出现男女混合跑的景致，所有人的眼睛一下就亮了。听老师解释，这是因为参加800米的学生比较少，比赛时间又太长，所以学校干脆就让男生女生一块儿比，当然男女的成绩还是分开算的。迎面跑来的队伍里，男生有四个，女生只有两个。看到"万一"时，我相当意外，不明白她为什么会出现在这样的长距离比赛中。我看着她痛苦地紧跟男生队伍里的最后一名男选手，粗壮的大腿显然成了长跑比赛中的拖累。而身边的人群里，很多人都在议论那个遥遥领先的男生。真是吓了我一跳，居然是张鑫！

这个家伙真是从小好看到大，围在跑道外看的都是女生，可我如果不是再一次回到运动会的场景，在四年级时，我根本不知道张鑫的存在。

800米的比赛结果，"万一"拿了女子组第二名。而张鑫，毫无疑问是男子组第一名。当六年级的800米决赛结束，检录处就开始召唤200米决赛选手了。"万一"体力跟不上，得了倒数第二。跑到终点时，她整个人都趴在了地上。我当时真想冲上去问问，到底是谁替她报了800米。但我没工夫去，因为老师随意扒拉了一下人头，就把预赛犯规的我放去参加200米决赛了。

当我参加完200米决赛，回到自己的队伍时，就有同学跑来问我，是不是叫一个男生来拿东西了。这个问题让我感到莫名其妙，然后她就举起自己的数学练习册，说有个男生拿走了我的数学练习册。

同学告诉我男生刚走，我晃了一圈，还真找到了一个背影，胳膊肘里夹着一本练习册。我立刻追了过去，眼看着男生要拐进一个拱门了，门的另一边是教学楼，我冲他喊了一声，他居然背对着我做了一个"OK"的手势。男生走到与拱门同一个平面时，一切又变得透明和昏暗起来……同时我还听到了"嘤嘤"的哭声。

　　玻璃罩又出现了，一位流着泪、眼睛肿成一条缝的女孩，紧挨着我，坐在玻璃罩外。她虽然变了些样子，但我还是一眼就认出了她，她是"万一"！她为什么要哭得那么伤心呢？

　　"我为了你参加800米，就是为了想离你近一点，可参加了那么多场运动会，你也没回头看看我……那条表白短信我写了两天，你却那么快就回绝了我……还立刻在朋友圈发了合照……为什么是她呢，就因为她一直跟你念同一所学校吗？我没有你们聪明，一直补习也没用，肯定考不上和你一样的高中、一样的大学……还是你觉得我不好看，才选了那个叫林友的，她有什么好……"

　　我顿时感觉胃里被投了块石头，我怎么会出现在"万一"的口中？我难道不是一个躲在灯里的——旁观者吗？

　　这么听来，"万一"昏了头去参加800米很有可能是为了跟上张鑫！还有朋友圈的合照，我记得有那么回事，那是我和张鑫在正式成为男女朋友后不久，他突然发的朋友圈，老实说，我还劝他低调一点，毕竟秀恩爱分得快，这话也不是没有道理。可他当时说可以省去一些麻烦，这麻烦难道就是"万一"的表白短信？

　　出了幻境后，我立刻去查了这位"万一"。进到张鑫的

{第1章}
捡到灯的人，并不是张鑫

QQ空间，几乎没费劲，我就锁定了目标，有个QQ名叫"追随者"的，几乎在张鑫的每条状态下都回复过一个"笑脸"，我凭直觉点了进去，查看"追随者"的相册，"万一"的细长眼睛非常有辨识度，也看到了她的真名，原来她叫万祎。

不怕一万，只怕万一！但无所谓了，反正真正捡到灯的人，也不是张鑫。

"这么认真，还要考大学吗？"

这熟悉的声音是？雨岳一抬头："承老师！"

"今天周末，银行休息是不是？"

雨岳赶紧收起本子，起身问好。一回饭店，她就一直躲在前台看林友写的文章。"是啊，周末基本就在店里帮忙，承老师，您今天来吃饭吗？"

"几个老朋友聚餐，我可是提前预订的，交代你家金源，好好做。"

"一定一定，我让他一定保质保量。"

承老师满意地往里走，手里还自带了饮料酒水，雨岳不动声色地跟了过去。

"承老师，如果我问您个学生，您会有印象吗？"

承老师瞅了眼雨岳，"那得看是什么学生喽。"

"好学生，作文拿奖的学生。"

"作文拿奖？"承老师一听这话，立刻挺直了腰背。

"比我小一届，02级，应该是初一时获的奖。"雨岳提醒道。

"难道你说的是林友？"

"您一定记得吧！"雨岳心中一喜。

"你爸更应该记得啊。"

雨岳有些意外。"他确实记得，可他说林友是作文好。"

"作文是好，但这个林友可不简单，那个作文竞赛是她逼着我让她参加的。"承老师说着就笑了起来，"作文好的人就见不得别人比她写得好。"

"为什么这么说？"雨岳追问道。

"我记得有一次，她在周记里贴了一张剪下来的报纸，上面是隔壁班一位同学写的诗，那诗写得不错，估计对方老师也帮着提点了些。对方是她的小学同学，名字我不记得了，好像叫什么雪的。林友就酸溜溜地在周记本上写到，作文一直没有她写得好，但没想到上了初中，对方的诗文却登了报，而她却还在写着任务性的周记，她觉得不是因为她写得不好，而是她缺少机会。你说她这么直接地写在作业本上，不是在逼我吗？"

雨岳多少也能感觉到林友是个有脾气的人。

"我一看学生都比我积极了，不得赶紧给她找点机会？刚好那段时间，市里面举办作文比赛，每个学校都要派学生参加，我就向学校提出申请，亲自带队。当时每个班挑一名学生，我班里就选了林友。没想到这丫头真争气，当时学校就她拿了奖，还是一等奖。"

雨岳不住地点头，心里对林友的好奇噌噌地往上升。

"我记得那篇作文，非常创新，那次的题目是开放性命题，要写一些人生经历，你说才初一的学生能有什么大经历，

{ 第 1 章 }
捡到灯的人，并不是张鑫

林友当时就写了自己的小学生活，从六年级往一年级，这样由近及远地倒着写，描写得很细腻，也很有意思……"

雨岳和承老师说话时，身体欠佳的公公走过来招呼客人，雨岳便没有再跟上去。雨岳的老公金源，在走廊碰到他们，他一见老师就紧张，承老师又交代起他中午的饭菜，金源点头哈腰地不断保证，承老师走了他还在紧张。雨岳一把抓住他的胳膊问："张鑫到底娶了谁？"

金源吓了一跳："谁？"

"昨天的婚宴，他不是你同学吗？"

金源总算找回了一些记忆，"干吗说'到底'啊？这话听着张鑫像有很多个女朋友一样。"

"你先回答我！"

"张鑫这人除了性格太刚，也没别的问题了。什么都要做到最好，跑步要跑得最快、书要念得最棒，眼高于顶，要求高得不得了，最后却娶了一个眯眯眼的外国人。"

"眯眯眼？还外国人？她们不都是浓眉大眼嘛。"

金源傻子一样地笑了起来："不是真外国人，就是眼睛很小，皮肤又黑黑的，顶着大波浪很有在国外长大的感觉。"

"她叫什么？"

"不怕一万，只怕万一。"

"真的是万祎？"

"你居然听得懂！你认识万祎啊？"

雨岳不再理他，跑回前台，门外阴沉的天空透出了光亮，雨也渐渐停了。

雨岳来到门口，抬头看着天空，"我们一个下雨，一个天晴。邹晴岳,真正捡到灯的人是你吧,别以为我不知道你喜欢从后往前写文章。可你连小学都没上过,为什么要去拿别人的练习册呢?"

第 2 章

光着脚的
歌声

DIANDENG
XUNJING

屋外的天气时阴时晴，雨岳在送走最后一拨客人后，有些疲惫地坐在收银台前。她能感觉到自己快要知晓林友寄日记本的目的了，心头萦绕着一丝丝担忧：林友到底想从那盏煤油灯里发现些什么？

（二）光着脚的歌声

祈福日后的第二天，我妈就回来了。她直接否决了我打算休学的想法，还提出要将我外婆送去养老院。我年轻气盛，一被否定，就变得气急败坏。我冲她嚷嚷，说外婆不用去养老院，但等有一天我的妈妈老了，我一定会送她去养老院。

我说狠话的本事一流，但两手空空，什么都做不了。外婆搬去养老院的那天，我就怒气冲天地背着书包回了学校，当时离第一个还灯日还有几天，我便一并带走了那盏煤油灯。

一回学校，我就迫不及待地找兼职，仿佛在一夜之间参透了钞票的重要性，通过高年级的学姐介绍，找了三份家教的工作，忙忙碌碌一直到期末考试。学院贴出了一家知名杂志社的招聘启事，招募实习编辑。我大学所学的是编辑与出版，毕业后进杂志社、出版社或是电视台，都算专业对口。虽然招聘对象主要面向大三、大四的学生，但我还是递交了我的简历，我在专业上很自信，不觉得自己会比任何一位学长学姐差。

期末考试结束后，我接到了杂志社的通知，我通过了初选，一并入选的还有另外4名同学，但杂志社的录取名额只有3位，作为最后一项考核内容，要求我们各上交一份采访稿，采访人物自选、内容自定。正当我苦于人脉匮乏时，张鑫打来了电话，他当时已经毕业离校，而我们也有两个月没有联系了，接到他的电话，我很意外。张鑫居然约我去看音乐剧，工作了就是不一样，大学生基本只看得起学校3块钱两场的盗版电影。而音乐剧对于当时的我来说完全属于新兴娱乐项目，以前只在电视上看过一些。张鑫在电话里拿出了难得一见的低姿态，我便答应去赴约了。

那场音乐剧，是当时红透半边天的齐雯雯的跨界之作，已经在其他城市演了好几场，反响都很不错。当晚，观众基本都是冲着她的名气而来，可演出开始前15分钟，主办方却告知，因连日来密集的演出，齐雯雯嗓子出现了问题，已经无法正常演唱，为了保证音乐剧的质量，决定换由B角出演。现场一片哗然，甚至出现了离场的观众。我与张鑫只觉尴尬，连音乐剧都在暗喻我们，彼此关系已经走到了需要更换主角的地步。

音乐剧准点开场，远看替代齐雯雯上场的B角，身形与海报上的齐雯雯并无二致。一开口，音色细腻，音调婉转，

{第 2 章}
光着脚的歌声

整个人的嗓音,温润中又带着清晰精准的力度。那个声音让我感到熟悉,尤其看到她穿着大红色的裙子,光着脚在舞台上动情地歌唱时,盛夏的天气,一股凉意渗进我的脚底。谢幕时,广播里再次报出 B 角的名字,王蒙莎。我才记起,原来是她。

我几乎立即将采访目标锁定为王蒙莎,这让我无比激动,这简直是天上掉馅饼的事,王蒙莎这个人选,既有新意,又具备可行性。但现实却是,我问朋友要来了王蒙莎的电话,她却干脆利落地拒绝了我。

这让我受到了不小的打击,只能待在宿舍考虑其他的采访人选,想了一圈也没找到合适的。晕头转向时看到放在书柜上的煤油灯,回学校后,我就把它给忘了。我在宿舍找了一圈点火的工具,最后还是问喜欢碎碎念的舍管借来了打火机。

我抬起玻璃罩,将打火机横对着点燃灯芯,火焰幽幽地燃起,合上灯罩的瞬间,我感觉到了身边环境的变化,我又再一次进入了灯境。

一双眨动的眼睛正在离我远去,男孩终于近距离地出现在了灯外,但我并不认识他。

我看了看四周,有一张铺着深蓝色床单的单人床,上面放着叠好的衣服,这里是卧室。紧挨我视线——整齐地靠着墙壁摆放的书籍里,有太多不熟悉的书名,唯一眼熟的,只有《高等数学》。依据我的判断,男孩应该是在他哥哥或是姐姐的房间里点燃了煤油灯。正当我四处打量时,玻璃罩外晃过一阵雪白的片状物,男孩手里拿着几张纸,开始自言自语。

"一等奖,倒着写了 6 年的小学生活,这种写法也是挺有意思的，我连小学都没上过，还挺想去感受一下的。"男孩翻着纸张，"还写到运动会……我也去看过，不过那里太吵了，傻瓜也多……"

男孩正喃喃自语，突然响起敲门声，推门进来的居然是一位我很熟悉的老师——初中时教我数学的邹老师。男孩张口就喊他："爸爸！"

邹老师直接蹲在门口的书架前翻起了书，嘴里还不断提醒着："早点休息，别每天耗那么晚，晚上是用来养精神的，书放着白天读就行了。"

"爸，你别老把书柜翻得乱七八糟的，共用也要保持整齐啊。"男孩露出了不满的神色。

邹老师立刻打圆场："我让你姐来给你收拾。"

"别，你直接收拾好了。"

可邹老师突然盯着书架不动了："你怎么还有小学四年级的练习册？"他从书架上抽下一本册子，"还是……林友的？"

"谁是林友？"

男孩这么问反倒让灯里的我意外。

"我是不是在哪听过？"男孩接着问道。

"你刚才不还打印了她的作文！林友就是获一等奖的那位。"

邹老师一提醒，男孩歪过了头，脸上的表情变得很复杂，"四年级？林友？她是谁啊？"

我的四周变得亮堂起来，我又重新回到了宿舍，煤油灯发出"滋啦啦"的燃烧声。我的大脑快速地运转着，男孩没上过小学，房间里却放着大学生才学的《高等数学》，他还

第 2 章
光着脚的歌声

喊邹老师为爸爸，我几乎立刻就确定了他的身份，他叫邹晴岳，邹老师的天才儿子。传言他从出生那天起就被告知活不过 18 岁，这话不假，甚至更残酷，有一天清晨，他被发现倒在了大林寺的走廊上，那年他才 13 岁，理应与我一样在读初一，可他当时都快大学毕业了。他被发现的前一天刚好是当年的最后一个还灯日，也就是张鑫还我灯的那天。

我将我看到的场景联系起来，看来原本要还灯给我的人，是邹晴岳！但他放下煤油灯不久后，就出事了！

我不明白我为什么会看到这些，但联想之前看到的内容，我立刻上网查了我当年的那篇获奖作文，我早已忘了具体写了些什么。

原来，我当年用小标题的方式写了小学 6 年的生活，每一年都选了一件我认为有趣的事，四年级那年的小标题叫作"'自废功力'的运动会"，万祎就是我所描述的对象。邹晴岳也去看过运动会，依据他柜子里的那本练习册，我当时见到的那个背影应该就是他。但奇怪的是，他不认识我，关于我练习册的事他也完全没有印象。活着时都没经历过的事，难道……我心里无比困惑，读着作文，心里突然有了主意。邹晴岳说他想感受一下小学的生活！而我又写了小学 6 年的内容！当初万祎又是对着煤油灯边哭边抱怨，我才意外地进入了她哭诉的奇怪场景！我不知道这其中是否真的有联系，但突然很想试试，便对着煤油灯，把六年级的那段内容从头念了一遍——

"六年级，光着脚的歌声。

"我穿了一双崭新的保暖鞋去学校，白紫相间的鞋面，鞋带也是淡紫色的。走在路上，所有人的目光都会忍不住聚集到它身上。可是，在这些羡慕的目光里，出现了一双寻找的眼睛，他是我的音乐老师蒋老师，他站在办公室门口，一把拦下了我，一同被拦下的还有另外两名女同学。我们被蒋老师一并带进了音乐教室，王蒙莎正等在里面。

"蒋老师说，王蒙莎将代表学校去参加歌唱比赛，可她的鞋子不适合上台表演。我看到王蒙莎局促地将自己的脚往后缩，她穿着一双发黄的单鞋，这样的鞋子，无论打多少光都不会发亮。蒋老师让我们与王蒙莎换鞋，前两位同学的鞋子都因为太小而幸运地躲过了'上台'的命运，而我，最终穿上了王蒙莎的鞋子。那是一双比看起来更糟糕的鞋，鞋底薄如蝉翼，鞋内还有种湿答答的感觉，我觉得很难受，都不敢放平了脚掌走路。

"中午放学，我迫不及待地骑车回家，骑到人少的地方时，我直接将鞋脱了下来，光着脚踩在脚踏上，想象着自己也站在舞台上，嘴里唱着'拾稻穗的小姑娘，赤脚走在田埂上'。

"那是王蒙莎要登台演唱的歌。

"换鞋给王蒙莎也算是做了件好事，但周一早读课时，王蒙莎将鞋子拿来还我，我却忘了将她的鞋带去，等我放了晚学回家找鞋时，外婆告诉我，她以为那是我从垃圾堆里捡回来的鞋，已经扔了……"

王蒙莎的鞋子，再没被找回来，我想这份儿时的过节，应该就是王蒙莎不肯接受我采访的原因吧。读完那段内容后，我又想起邹晴岳拿着我的练习册，向我做的手势，仿佛那是我要求他去拿的一样。我心里有个很大胆的想法：他是不是能不能进入我描述的场景，就像我进入万祎的哭诉场景一样？

{第 2 章}
光着脚的歌声

"雨岳啊,来帮我记个账。"

婆婆李勤芳的出现,让雨岳如临大敌,再想往下看也得把手里的本子放一放。李勤芳将一塑料袋的钞票倒在柜台上,又拿出一张名单,"那个小本子在电脑后面。"

雨岳找出来翻了一下,原来是祈福活动的统计名单,李勤芳是周正村的妇女主任,说不清她的具体职责是什么,但村里几乎大小事都在她的管辖范围内,像下周日要举办的祈福活动,就是她这些天在不断奔忙的事。

"今年涨价了吗?"雨岳看到单人费用涨到了 100 块,与去年相比,多了一倍。

"这主要针对抄经的,今年有统一的服装,我刚才看到了,纯棉材质,上衣是黄色的,扣子都是盘扣,做工挺讲究,裤子是白色的喇叭裤,我看穿着睡觉很合适。"

雨岳咧着嘴吸了口气,看来自己得赶紧给公公婆婆买套合适的睡衣了。她找出钱包,给自己和金源,还有邹华亭都报了名。

"亲家公来不来?"

雨岳笑着摇头,"还是和往年一样,只交钱,人不来。"

关于这一点,李勤芳不好强求,雨岳利落地记完账,将钞票按面额大小整理好,又用皮筋扎起来,分成三小沓。这是银行职员的习惯,李勤芳看得很满意。

"妈,周正村为什么要办祈福活动?是有什么说法吗?"

李勤芳有些意外:"你不知道?"

"我也不是周正村的,不过我爸说是为了村宅平安,可我想万事总该有个开头吧,最开始为什么要办祈福活动?"

"原来邹老师是这么说的。"李勤芳一边把整理好的钱放进塑料袋，一边思考着该怎么解释，"要说是为了村宅平安，也确实是这么回事。二十多年前，村子里有人溺水死了，住在临河一带的村民总说夜里不安分，要求在河边做法事。后来就请了大林寺的僧人在河边念平安经，念完后，整个周正村的村民都聚在一起吃饭。平安经依照要求得连续念三年，所以之后的两年，每年五月初，大家就会聚在一起念经吃饭，费用由各家各户平摊，这样一年聚一次的日子让村子里的人觉得很难得，干脆就商量着把这个日子定了下来，就成了现在的祈福日，还越办越热闹了。"

"以前都不用抄经？"

"抄经是因为溺水去世那人的家属将家里的一盏煤油灯交了出来，还依此为样，共计一万盏捐给了大林寺。"

"那是谁家？"雨岳进一步问道。

李勤芳回忆了一下："现在他们家也没人住了，老太太在养老院病逝了，不是亲生的，要不谁往养老院送。"

"您说的该不会是林友家吧？"雨岳有些脱口而出。

"你认识林友吗？"李勤芳一想，"应该也认识，你们年龄差不多。也是可怜，那个溺水的女人当年不过是为了赶去看刚出生的外孙女，就是你说的林友，结果着急慌忙的，一脚踩空，掉进了河里。二十几年前嘛，女人死了，男人肯定要续弦，那盏煤油灯是前一位嫁过来时的嫁妆。娶新老婆进门，再留着以前的物品就不合适了，当时传得很玄乎，说是人在的时候煤油灯好好的，可人一走，油壶嘴上就裂了一条很大的缝，我不知道这事真假，大家都这么说。"

{第2章}
光着脚的歌声

原来被送去养老院的不是亲外婆。但林友应该对后来那位把她从小带大的外婆感情很深，所以才会冲自己的妈妈发火。"那林友后来的外婆，她自己没有孩子吗？"

"没有，那家老头很有钱，也精得很，再娶的条件首先要对方没儿子，刚好，来了个无儿无女的，太合他的心意了。不过也不是每个男人都会再娶。"李勤芳说着心疼地看了一眼雨岳，"你爸也辛苦，当时正常人都吓着了，更别提孕妇了。"

雨岳皱起了眉头。

"难道……邹老师连这个也没告诉你？"

"他从不说。"

这下李勤芳可不敢往下说了："不知道也好……"

"是和我妈妈有关吧，其实我也大概知道。"

李勤芳叹了口气："你妈妈当年从大林寺烧完香出来，她一个孕妇，看到浮在河里的人，肯定吓得不轻，当时别提救护车了，整个周正村也没几辆摩托车，好不容易送去医院，大人没保住，你弟弟也落下了那样的病根……"

这些描述都大同小异，雨岳对这件事很陌生也很冷静，这种反应与她当时年龄太小有关，也与邹华亭有很大关系，他在家中几乎不提妻子过世这件事，对此非常沉默，连林友……难怪承老师会说他应该记得，但他表现得对林友没什么印象。现在，一盏煤油灯就将晴岳和林友联系在了一起，是因为自己家与林友家有这层关系的缘故吗？雨岳不由得叹了口气。

李勤芳去大林寺交钱了，雨岳坐在前台，看着合起来的橘粉色册子，还有很多内容没读呢。"六年级……"

我真的！再一次进入了灯境！

但这一回的视角很奇怪，我依旧在一层玻璃罩内，只是这玻璃的大小、清晰度都与之前的煤油灯有所不同，而且我的视角很高，有种俯视一切的视野。我看到了中心小学的标志，打开的校门里，不断有学生推着自行车出来。学生头上戴着帽子，脖子上围着围巾，讲话时嘴里还能吐出白气——连季节都变了。

在这片活动的画面里，有一个僵住的身影，黑色的毛线衣、深蓝色的裤子，他看起来与身旁的孩子差不多个头，却有一种与周遭环境格格不入的气场。

一辆圆头面包车从不远处驶来，按响了喇叭，学生都四散着给它让道，但毛线衣男孩还是静止的。喇叭声响个不断，我一着急，喊了一声："赶紧让开！"

话音刚落，男孩先是转过头看向驶来的面包车，司机已经探出头怒骂，他向路边跑了两步，躲开了那辆车。

"为什么我会在这儿？"

我所在的玻璃罩里响起一个声音。我再次看向男孩，他凝滞的面孔下透出一丝不解，我已经认识他了。"邹晴岳。"

男孩原地站着，开始扭动脖子，问"你是谁？"经过的学生听到他的发问，奇怪地看了他一眼。

"我叫林友。"

"林友？"男孩扬起了眉毛，"你在哪儿？"

"我也不知道，反正我能看到你，我眼前有层玻璃罩。"

男孩的目光立刻抬高了，我似乎一下就能与他对视上了。"你在看什么？"

"一盏路灯。"男孩边说边向我走来，"现在是白天，有

第 2 章
光着脚的歌声

一整排路灯,但只亮了一盏。"

我拍了拍玻璃罩,我更没法看清的是我自己,不明白现在是以什么奇怪的形态存在。"好吧,我最近还总往一盏煤油灯里跑。"

"煤油灯?"

"油壶和油盖上有裂缝的那盏。"

邹晴岳微张起嘴,显得很惊讶。

"你能告诉我,你出现在这儿之前,是在哪儿吗?还记得吗?"这是我脑子里浮出的第一个问题。

邹晴岳脸色微变。

"你在大林寺对吗?"我小心确认道。

邹晴岳皱起了眉头:"当时……当时天还黑着。我觉得有点累,所以坐下来休息了一下,睡了一会儿。"

果然是这样。

"你应该不是在睡觉。"我有些抱歉地说道,"我进灯的时间是 2010 年。"

"2010?"

我尽可能把语气稳住,"你在 2003 年 5 月,被发现倒在了大林寺,当时我还是初一的学生。"

"这是什么意思?"

"确切地说,你在 2003 年的时候,就已经过世了。"

我想说这话和听这话的人都会感到不舒服。邹晴岳过了好久才重新开口:"那现在是在 2010 年?我又重新活过来了?"

"这儿应该是 2001 年,我六年级的场景,这是我那篇作文里描写的内容。"

"作文？那篇获奖作文！描写小学6年的！"

"我想是的。"

"你真的是林友？"邹晴岳一脸的不信。

"嗯，那盏煤油灯是我丢的，我当时手被烫伤了，去厕所冲冷水，回来灯就不见了。"

"你知道是我拿了你的灯？"

"知道，我在煤油灯里看到了不少东西。"

邹晴岳皱起了眉头："我拿了你的灯，又看了你的作文，现在又进入了你所写的场景里，为什么会这样？"

"我也不明白，尤其是我现在还在灯里与你说话。"

我和邹晴岳一样不解，沉默片刻后，邹晴岳突然迈步往学校东面走去。

"你要去哪儿？"我不由喊起来。

"我家就在这附近，我想回家一趟，我没感觉……我死了。"邹晴岳抬头看我，神情有些凝重，"但你真的在灯里，之前那盏灯灭了。"

我也确实感觉自己的位置变了。

"我只觉得我睡了一觉，睡了好长时间，现在我要回去看我爸，还有我姐。"

我自然不会阻止他，2001年时至少他还好好活着，不过他应该是在上学，这样突然回去，也是有些奇怪的。

邹晴岳迫不及待地往路口跑，我的视线毫不费力地跟上他。可就在他往岔路口迈出第一步时，他脚下的路面长出了一块白斑，白斑迅速蔓延，之前好好的道路、房子，瞬间被白色吞噬。而身陷一片白色的邹晴岳，穿上了夏天的衣服——应该就是他离开那天穿的衣服。

{第 2 章}
光着脚的歌声

很快,面前的场景就只剩下小学校突兀地浮现在一片白茫茫之中,有学生骑车经过,瞬间融入白茫茫一片,眼前的场景就像随意截取的一块画面,而这块画面就是我在作文里描述的内容。原来就算让邹晴岳进入了作文片段,他也只能局限在那个片段里。他那么聪明,不用我解释,也应该看明白了。但明白不等于接受,我看着他在那片巨大的空白里没头没脑地乱跑,想要找出一点端倪、一点破绽,但最后不过是失望。

就在这时,一个让我又熟悉又陌生的身影出现了,是11岁蹬着自行车的我,脚上穿着那双单薄发黄的王蒙莎的鞋。当我的车轮碰到那片空白时,一条不宽不窄的水泥路重新出现了,并且路面随着车轮滚过的地方,不断地往前延伸,路面没有消失,道路两旁的景致也在渐次出现。邹晴岳盯着我远去的背影,带着期盼地看向我。

"那是11岁的我,故事的主角,所以走过的路线被保留下来了,不过……我小学时并不认识邹老师家,连你们家所在的村庄都没有去过,所以这条路应该去不了你家。"

我的话无疑给邹晴岳泼了盆冷水,见他又一次失望了,我不得不再想一些新话题,"你现在本来应该在干吗,我的意思是2001年,我上小学6年级,你在哪儿?"

"大三。"邹晴岳无精打采地说道,"这个时间,应该是在准备期末考。"

"那你现在在这儿,会不会给自己惹麻烦?"

"我不清楚。"

"或许你可以确认一下。"

邹晴岳终于走出了那片空白,身上的衣着又变回了冬装,他重新回到校门口的那条路上,挨着马路边,那里立着好几部投币电话。邹晴岳摸了摸口袋,"我可以打个电话试试。"

电话拨通了,我听他问邹晴岳在不在,没一会儿就挂了。他叹着气说道:"我在宿舍呢。"

这么看来,现在出现在小学的邹晴岳与在大学时期的邹晴岳出现了重叠,但他们的意识显然不属于同一个阶段。

"我不想吓着我爸和我姐,不回去也没关系。"

这话听着真让人难受,我安慰他:"远远地看一眼也没关系,只要别让他们看见。"

"可我连家都回不了……"

正说着,一辆面包车开进了学校,车上下来一位中年人和一个背着书包的女生。

"那是王蒙莎和蒋老师,"我提醒道,"王蒙莎也是这段故事的主角,说不定她也能把道路拓宽些。"

邹晴岳瞬间来了精神,王蒙莎背着书包从学校里出来,脚上是我的白紫相间的运动鞋,邹晴岳远远地跟上她,来到岔路口时,她并没有走我回家方向的那条路,而是往右拐。邹晴岳向我露出笑脸,那是往他家去的方向,而且王蒙莎脚下出现了路面。

王蒙莎右拐后,沿着一条长长的水泥道,一直走到道路尽头才左拐,路面变成了石板路,邹晴岳的呼吸都加快了,我认识那儿,邹老师家的前门对着一条老街,这条石板路在老街上。王蒙莎不断往前走,而邹晴岳在一户大门紧闭、临街墙上有扇镂空窗户的房子前停了下来,那是邹老师家。邹晴岳从窗口往里看,我直接进了那个花园,花园的内墙上有

{第2章}
光着脚的歌声

一个灯泡,我能清楚地看到冬季花园里已经进入休眠的植被,以及游着几条小鱼的人工池塘。但花园之后依旧是一片空白,这应该就是王蒙莎对街道两边房子的印象吧!

"他们还没回来,我姐会留在学校做作业,我爸会备课,一般会到傍晚才回来。"

"那现在……"

"你想去见王蒙莎,还是你自己?"

我被这个提议吓了一跳,看以前的自己,是件多尴尬的事:"去见王蒙莎吧。"

邹晴岳顺着脚下的路继续往前走,王蒙莎走过老街后还上了一座桥,她家的后门紧挨着一条小河,我和邹晴岳在河对面找了一家奶茶店,临河的小方桌上,有一盏亮着的吊灯,我们选了一个视角不错的座位。王蒙莎进了家门,很快就端了一盆衣服从家里出来,脚上还穿着我的那双运动鞋。

"看来她很喜欢你的鞋。"

我看着却有些不是滋味:"那篇作文你都记得?"

"差不多吧。"

冬日的天气,邹晴岳要了一杯热的珍珠奶茶,当时的奶茶店并没有太多选择,喝了一口邹晴岳就嫌太甜拿来捂手了。王蒙莎却两手通红,拿着衣服不停地在冰冷的河水里洗洗搓搓。没一会儿一位行色匆匆的中年女人出现了,她直接进了王蒙莎的家,很快又从屋里出来,一脸不悦地质问她怎么没先做饭。王蒙莎依旧在洗衣服,冻红的除了双手还有她的脸蛋。女人见王蒙莎没反应,回家泡了杯面,过了一会儿端着一个搪瓷杯站在河边吸溜吸溜地吃了起来。隔壁的老太太从屋里探出身子,她喊了一声"莎莎妈妈",就拄着拐杖,摇摇摆摆地过来了。老太太的出现，似乎令母女俩都紧张了起来，王蒙莎拧衣服的速度加快了，她的妈妈也换了个脸色与老太太说话。原来老太太是房东，说起了房租的事，王蒙莎端起衣服躲开这个话题，可老太太却把目光落到了她穿着的新鞋上。

王蒙莎低下头，快步回了家。老太太板着脸看向王蒙莎的妈妈说："那双鞋，没几百块下不来吧，你也真舍得，地方都快没得住了，还讲究鞋子……"

"邹晴岳？"

这个突然的声音把我们都吓了一跳，一个穿着银灰色棉袄、面孔圆鼓鼓的结实男子出现在桌前，他拉长了脖子，在确定眼前的人是不是邹晴岳，"真是你？你放假了？大学比幼儿园放得还早呢！"

听他开玩笑的语气，以及与奶茶店格格不入的气场，我劝邹晴岳还是先离开这儿。

"你不认识我了吗？我是盛科啊，你初一时的同学，当时我们一个班，还是你爸教的呢。你爸揍过我好几次，我可一次都没还手，真不记得了吗？"

这是仇人找上了门，看邹晴岳的表情，对他是有印象的，但盛科看起来完全是大人模样，又高又结实，很难想象他们以前在一个班上过学。

"你也喝奶茶啊？"盛科有点憨憨地笑了起来，这一笑，减去了身上不少的痞气，"我不喜欢，我是来给我同事带的。"

"你工作了？"

邹晴岳一开口，盛科简直受宠若惊："工作了工作了，我初中毕业后上的是职校，现在在一家机械厂工作。你呢，

{第 2 章}
光着脚的歌声

还在读书吧!"

"我大三了,也快毕业了。"

"你果然厉害,以后说不定能读个硕士,再读个博士,你肯定行,等那时候,你说不定才成年,太会省时间了。"

店员在问盛科是不是"老样子",盛科提到要多放珍珠,看起来是常客。交代完,继续和邹晴岳说话:"你既然回家了,我们一起吃个晚饭怎么样?"

邹晴岳向我瞄了一眼。

"巷子里新开了一家光头鸡火锅店,老同学,我请你好不好?"

"好。"

邹晴岳的回答难免直接,可我脑子里也是那挥散不去的白色,不过细想了一下,说不定真能去赴约,我记得换鞋的那个周末,我妈回来了,带我和一群朋友出去吃饭,吃的就是火锅,我读6年级的时候,整个街道都没什么餐馆,说不定就是那家光头鸡火锅店。

"那说好了,我下了班就过去,差不多6点左右。"请客的人倒像是自己占了便宜似的。

"6点半吧。"我提醒邹晴岳,以免我妈他们会晚到。

"没问题,那晚上见。"

盛科将那杯珍珠奶茶塞进棉袄,兴冲冲地离开了。

我还是对盛科这个人有些不放心,便问道:"他和你很熟吗?"

邹晴岳重新看向河对岸:"我读书太快,几乎没有熟悉的同学。"

"那他应该是有什么目的。"

"目的?"

"老同学,但又不熟,他干吗那么起劲地要请你吃饭?"

"可我能帮他什……"

"砰"的一声,对面王蒙莎家传来了很响的关门声,王蒙莎的妈妈背着包从屋里出来,脚步匆匆。她脸色青白,估计是与王蒙莎发生了不快!

但我们在奶茶店坐了很久,也没再见王蒙莎从屋里出来。倒是她家隔壁的老太太,总是进进出出,一会儿吹着冷风晒太阳,一会儿又搬出椅子嗑瓜子,不满的目光总盯着王蒙莎家,像监视一样。

"这个场景应该也有时间限制,"我感觉到太阳光的变化,"能帮我个忙吗?"

"你说。"

"今天是周六,等周一早上,麻烦去告诉11岁的我一声,把王蒙莎的鞋带上,我随随便便就丢了她的鞋,肯定给她添了不少麻烦。"

"周一早上?"

"如果算上我与她道歉的时间,这个场景估计会在周二上午结束。"

"好,我知道了。"

我们在奶茶店待了一下午,临近傍晚,我们便往邹晴岳家走去。老街道路狭窄,为了不暴露自己,邹晴岳站在邹老师与他姐姐邹雨岳回来的相反方向。他把自己藏在店铺外的柱子后,等了好一会儿,他扛不住冷风,一直在咳嗽。邹晴岳说,难怪他的身体总那么差,好端端的就会咳个不停,原来是有两个人一起消耗能量。

{第 2 章}
光着脚的歌声

　　天色暗了，我看见远处两辆自行车一前一后地过来了，在老街的石板路上很有节奏地颠簸着。邹晴岳远远地看着他们，安静的傍晚，能听到他们的交谈，说的都是邹晴岳。好像是在讨论他什么时候回来，邹雨岳还笑着说等他回来要他帮忙补习英语。等他们进了家门，邹晴岳才敢走到镂空的窗前，花园里没有光亮，而更往里看，依旧是一片空白。邹晴岳伤感地说："看来，是不能随便出现在他们面前。"

　　勉强算是见上了一面，我们便往街上的光头鸡火锅店去，不出所料，马上快6点了，可是通往街道的水泥路还没有出现，邹晴岳蹲在一家已经关门的五金店门口，看着稀稀落落的车子从面前经过，一辆红色桑塔纳从远处驶来，开到五金店附近时打了往右拐的转向灯，它并没有消失在空白里，在车的前方，宽阔的水泥道出现了。

　　我说："走吧，我就在那辆车里。"

　　邹晴岳起身跟上，红色桑塔纳在一家名为"红梅饭店"的店铺前停了下来。我心里一惊，看到饭店门口的标牌上写着"供应羊肉火锅"，难道我记忆里热气腾腾的锅子不是在光头鸡火锅店？现在的情况有些尴尬，我们停在了街道的更外延，光头鸡火锅店似乎还得往里走。我看到了从副驾驶座上下来的自己，一副愁眉苦脸的样子，这是每次和妈妈吃饭，我的"标配"表情。

　　"现在怎么办？"邹晴岳看着一群人进了红梅饭店，"还要等机会吗？说不定王蒙莎……"

　　"说不定我很快就会出来，"提到这一点，我解释道，"在我的印象里，我几乎没有和我妈吃过一顿完整的饭。"

　　"为什么？"

"不知道啊,估计磁场不合吧。"

我与邹晴岳守在饭店外,期间他不断地看手表,眼看快到6点半了。

"要不要我冲进去直接请你给我带路?"

"不行,我记忆里没这段。"

没多久,红梅饭店的门被猛地打开了,我看着推门而出的自己,身后跟着怒气冲冲的妈妈。

"有本事你自己走回去!我没空送你!"

"谁要你送!"11岁的我还用力踹了一脚红色桑塔纳,车子"呜啦呜啦"地响了起来。

"你脾气很冲啊!"等在门口的邹晴岳,还被11岁的我凶神恶煞地瞪了一眼。

"死小孩!"我忍不住在心里骂道。妈妈一脸无奈地看着我,又回头看了看身后,最终还是关上了门,回了店里。

"我现在能去问路吗?"邹晴岳征求我的意见。

"不用问。"我太了解自己了,就算生气到爆炸,也不会亏待自己的嘴,"我会绕远路,再回街上的。"

"这又是为什么?"

"绕远路是做给我妈看的,确保她看不见我了,我会回街上买炸串。"

"你还真有意思。"

邹晴岳远远地跟上我,我预计得一点没错,11岁的我在确保红梅饭店里的人看不到自己后,调转方向,沿着另一条路,往街道深处去了。临街的店铺一一出现,有些开着门,有些关了门,能看到店里面还在忙碌的服装店老板娘、在整理玩具的玩具店老头、把放大镜夹在右眼的钟表店师傅。

{第 2 章}
光着脚的歌声

"你看到的东西比王蒙莎多。"

邹晴岳的评价让我很得意:"你虽然脾气暴躁,喜怒无常,但很热爱生活。"

11 岁的我突然加快了脚步,不远处有辆三轮车,车上绑着一个电灯泡,油锅里不断冒出热气,我一上前就熟练地点了我想吃的炸串:"里脊、鸡肉串,还有年糕,每样要两串!不!每样来三串吧!"

邹晴岳靠在一边墙上等我,看着四周趋于安静的店铺,感叹道:"我从没这样在街道上走过。"

我也觉得那个氛围很好,尤其看着 11 岁暴躁的我,心底反而有种前所未有的平静。顺便跑进小推车上的灯泡里,看到自己吞着口水在等老板娘往炸串上淋浓稠的酱汁,刚才的不高兴已经抛之脑后了。

我边走边吃,脚步轻快地在街道里穿梭。没多久,我真的来到了那家光头鸡火锅店,店外立着闪光的牌子,11 岁的我嘴里塞满食物,嘴角沾着酱汁,有人从店里出来,我便忍不住停下脚步往里看。

"为什么不好好和妈妈吃顿饭?"

邹晴岳扭头看我,我当时正在一家干洗店的闪光灯里。

我在灯里忍不住耸肩:"我好像很爱向我妈发脾气,她没空管我,难得见面,却总爱拉上供应商和客户一起吃饭,我一点都不喜欢他们,更不喜欢她向别人说起我时,就只会说什么字写得好、很工整之类的。我都多大了,她还只知道我写字写得好不好,况且我的字是越写越不好。"

邹晴岳很安静地听我说着,11 岁的我此刻已经走远了。

"你这样走夜路,不会有问题吧?"

"不会,这个时间我还能去大林寺逛一圈。"

"你真的挺有意思。"

"你不觉得我是个想法太多,又不服从管教的人吗?"

"不觉得。"

看邹晴岳的样子,他并不像在故意说安慰人的话,这倒令人意外。

我们刚在餐馆门口站住,盛科就推门出来了。看到他的打扮,我们必须强忍住笑,他与白天时完全不一样,乱糟糟的头发变成了大背头,应该是抹了不少摩丝,灰色棉袄也变成了黑色夹克,是比白天精神了,但吃顿饭为什么要把自己打扮得这么戏剧化?

"你总算是来了!"盛科说着,一把关上了身后的门,"等会儿帮我个忙。"

"你说吧,都到门口了。"晴岳两手插进裤兜,酷酷的样子。

"我想追里面那位姑娘。"

晴岳歪过脑袋往饭店里看,隔着氤氲的玻璃窗,能看到一位穿红色衣服的姑娘,她左摇右摆,似乎也在往外看。

"她一直喜欢成绩好的男生。"

这话听得我想翻白眼,但邹晴岳却安静地听着。

"她非常爱看书,经常说什么,凡……凡是有钱的单身汉,都要娶位老婆,这已经是一条全世界都知道的真理了。"

"《傲慢与偏见》。"

"你看!你们肯定有共同话题。"盛科更加认定自己找对了人。

"又不是我找对象。"邹晴岳倒是直接。

{第 2 章}
光着脚的歌声

"帮个忙嘛。"

"可是盛科,你是个有钱的单身汉吗?"

我没忍住笑,店外的灯光都晃动起来。

盛科尴尬地挠了挠头:"我是个单身的穷光蛋,但为了她我会赚钱的。"

说着就一把拉开门,将邹晴岳拉了进去。

在餐桌前坐定,第一眼看到的就是女生红艳艳的嘴唇,这不是口红的功劳,而是先动了筷子烫的。

"她胃不好,所以我让她先吃了。"盛科从女生手边拿过辣油,"她叫小萍。"

"萍水相逢的萍,"小萍补充道,"你就是盛科说的那个天才?"

"不敢当。"邹晴岳对盛科递来的辣椒油摆了摆手。

"你是不是被管得很严?报纸上登过,像你这样十一二岁就上大学的学生,家长都得陪读。"

"晴岳他爸是我初中老师,没空陪。"盛科尝了一口自己调的酱汁,辣得直皱眉头。

"那就是你妈一定管你管得很严,跟姐姐说说,是不是填鸭式教育,做不出来题还要打手心的那种。"

邹晴岳轻轻放下了手里的勺子,"木鱼知道吧?"

他一开口,反倒让我觉得不妙了。

"寺庙里的木鱼?"小萍又确认了一遍。

"它天天被敲,响个不停,可木鱼还是那个木鱼。"

小萍无辜地眨着眼睛,一旁的盛科听懂了话音,不安地揉了揉鼻子。

"盛科说你很爱看书?"邹晴岳继续发问。

"是啊,说句餐桌上不好听的,我家卫生间都塞满了书。"小萍似乎对此很得意。

"都是什么书呢?"

"《傲慢与偏见》!我觉得我就是伊丽莎白。"小萍有些羞涩地笑了笑。

邹晴岳将一双筷子立在酱汁里,筷头撑着下巴:"《傲慢与偏见》里,伊丽莎白和达西说过这样的话,我们的性情十分相似,我们不爱交际,沉默寡言,不愿开口,除非我们会说出话来语惊四座,像格言一样具有光彩,流传千古。"

小萍没想到对方直接把书里的对话背了出来:"我,我只是和盛科在一起的时候话多。"

小萍轻轻撞了一下盛科,盛科立刻配合地说道:"平时都不理人的!"

"女人对自己的判断果然都有偏差,其实你和伊丽莎白很像。"邹晴岳乖巧地看着小萍,一副人畜无害的样子。

小萍估计是弄不明白邹晴岳是要夸她还是要损她:"真,真的吗?"

"伊丽莎白说了那样的话,达西立刻就否决了她,认为她描述的只是达西的性格,而伊丽莎白的性格却很活泼开朗,老实说,伊丽莎白不仅话多,内心独白也多,而且她非常喜欢辩论。"

盛科有些紧张地将花生米盘子拿过来。

"我想绝大多数女读者,都是因为达西有钱又帅气,满足了她们对另一半的所有幻想,才喜欢《傲慢与偏见》,但这个读书理由,听起来太肤浅,因此很多女性是不愿承认的。所以就将女主角伊丽莎白的某些特质比拟到自己身上,

{第2章}
光着脚的歌声

因为她们自认为自己既不像大姐简一样柔弱无主见,也不会像小妹丽迪亚那样放荡无大脑,当然,她们更不愿承认自己是迂腐的玛利亚以及小跟班凯蒂,她们太透明,满足不了读者时刻把自己当成主角的心情。所以读者都爱说自己是伊丽莎白,美貌足够,脑子清楚,虽然也曾被色相蒙住了眼睛,但很快就发现对方英俊的皮囊下是个卑劣的灵魂。转而接纳了另一个更英俊、更富有,重点是只爱她一个人的达西。但放到现在,我只想说,根据文化差异,国内有几个巨富会跑到乡下来开舞会,还一次又一次地等着发现一身平庸的你,还认为被你怼,是件有趣的事!这个有钱人得多大度,多有发现美的眼睛呢,所以你认为这现实吗?"邹晴岳直接背了篇小作文出来。

盛科像听书一样不断往嘴里抛着花生米,他居然觉得说得挺对:"原来,傲什么的,是个偶像剧?"

这让小萍感觉被驳了面子,两颊越来越红。

而邹晴岳还不准备闭嘴:"《傲慢与偏见》,非常适合少女看,但你要以此为标准,在现实中寻找对象,就不可取了。达西帅气又多金,还帮伊丽莎白解决了不少家庭问题。那盛科呢?他除了能给你买奶茶,请你下馆子,还能帮你什么大忙吗?"

盛科赶紧夺过了话语权:"欸欸欸,我,我一定尽我全力帮忙。"

邹晴岳斜了一眼盛科,让他闭嘴。

小萍的脸越来越红,她现在才发现,平日里口齿伶俐的自己,说的都是些废话,看书只记男女主人公的名字,至于其中的表亲关系,她闹不懂作家干吗要写那么多。至于道理，谁看小说还硬要去分析出些道理来。

"记不记得达西在邀请伊丽莎白跳舞时，她一开始假装没有听到达西的邀请，思考了一下才说，我一向喜欢戳穿别人的诡计、愚蠢，玩弄一下那些存心想要蔑视我的人。我也喜欢伊丽莎白呢，伊丽莎白·萍。"

盛科没忍住，"扑哧"一声笑了。

邹晴岳又立刻摆出一副严肃的样子："我出生时我妈就过世了，我爸对我的教育是顺其自然，不过我也确实会读书，要不木鱼般的脑子就算天天棍棒教育，也只是响个不停影响别人，木鱼，还是那木鱼。"

"盛科，我先回去了。"小萍说完，逃跑似的离开了饭店。盛科见她棉袄没带，立刻跟着送了出去。

我见邹晴岳一脸平静，好像什么事都没发生的样子，不免想说他两句："喂！都说宁拆十座庙，不毁一桩婚。我也爱看《傲慢与偏见》，这有什么！"

"希望你比伊丽莎白·萍体会得深一些。"

"我不觉得一本小说去满足女人的小期待是什么丢人的事。你们男的天天说别在意什么小情小爱，可到头来不还是要找女人结婚生子吗？"

"呵！"邹晴岳的表情这才有些波动，给自己倒了茶，"真感谢你刚才没开口，我还真不确定能不能说过你。"

这时盛科回来了，一屁股坐在椅子上，立马质问邹晴岳："哥们，她踩你尾巴了？"

邹晴岳拿起茶杯碰了碰他的酒杯："我最烦别人一听我跳级，就问我是不是被逼的。"

"那小朋友我问你，你为什么要跳级啊？你就不能好好

{第2章}
光着脚的歌声

的,一级一级往上念,多交点朋友,多看看生活吗?"

邹晴岳深吸了一口气,两只眼紧盯着盛科:"因为我怕来不及。"

这个回答让我心头一沉。

"医生说我只能活到18岁,我从小就没上过体育课,别人能跑,我走两步都喘。我好不容易找到一个能让我跑起来的项目,我只想赶紧从一个圈跑到另一个圈,看看外面到底是什么样。说得夸张一点,我赌上生命的东西,成了一个无知女人嘴里的谈资、笑话,你要庆幸,我是年纪小,不爱动手。"

盛科的脸色变得严肃起来:"抱歉啊,我以前也不了解你,除了知道你成绩好,别的一无所知,这回记住了。"

可邹晴岳的神情变得黯淡起来:"可是到头来,我加速了又怎样,很多事情是有它的年龄标准的,我错过我的年龄该做的事,又没正常经历别人十八九岁在经历的事。"

盛科估计是后悔了:"我明白了,你是自己谈不成恋爱,来坏我的好事,我就不该找你。"

邹晴岳轻"呵"了一声:"我问你,你为什么要找一个爱读书的,你自己都不爱读。"

"因为我文化水平低啊!"

"你是想找互补的?"

"差不多吧,很多事情我有胆做,没能力管。不都说成功男人背后都有个愿意付出的女人嘛,我只是想找个聪明女人帮我一把,在我晕了头的时候能给我出点主意。"

"你根本不笨,你比爱读书的人脑子清楚多了。"

我也这么认为。

可盛科一个劲地摆手道:"我是真没文化,家里条件又不好,我不得多给自己考虑考虑?我不想一辈子给人打工,那点钱根本养不活一家人,可我一个人又怕!总希望找个姑娘一起。"

"那就不该以爱读书为标准。"

"你不就是爱读书吗?所以才这么聪明。"

"我的聪明是遗传,天生的。"

我多想给邹晴岳来一拳啊!

"你是组建家庭,又不是组建学校,你得看她喜不喜欢你。"邹晴岳说得头头是道。

"她喜欢啊。"

邹晴岳瞄了一眼小萍留下的那个堆得满满的骨碟,说:"她肯定喜欢吃光头鸡!"

盛科往嘴里抛了颗花生米,嚼得"嘎嘣"直响。

邹晴岳继续教育他:"我是没谈过恋爱,但我总觉得,两人在一起根本不用去纠结她爱不爱看书,只要你们有共同语言就行了。况且你还想着创业,这可不是件容易的事,她待在你身边一开始肯定不是享福的,她得陪着你,和你一起吃苦。如果你觉得伊丽莎白·萍能行,就接着送她奶茶。"

"你嘴皮子好厉害啊!"盛科感叹道,"真想看看你以后能找什么样的。"

"我就不指望了,不过我原本还盼着能给我姐出点主意呢,你这也算让我体验过了。"

"干吗说这样的话,你和你姐差几岁?"

"一岁。"

"万一你真的只能活到18岁,我是说万一啊。"盛科并

{ 第 2 章 }
光着脚的歌声

不认为邹晴岳只有那么短的生命,"她19岁也可以交男朋友了,到时候你身边的那些优质青年肯定都事业有成了,找个没结婚的介绍给你姐,还能省去吃苦遭罪的经历。"

"等我姐19岁,你们都多老了。"

"哎,我今天才发现,你讲话真是利索啊,等将来我结婚,请你来证婚吧。"

"要不现在就证?"

"急什么?"

"我是挺急。"

火锅店热气氤氲,我待在灯里听着一个小孩和成年人聊结婚的话题,真是热得够呛。而身边的光线突然变得昏暗起来,不知不觉中我出了灯境,发现宿舍已经全黑了,煤油灯也灭了火光。一看时间,我在灯境中待了半个下午。开了灯,我试着用打火机重新点燃灯芯,但这回怎么也点不着,我晃了晃煤油灯,又从裂缝处往里看,好像没有灯油了。

我去舍管那里还打火机,她指着门边的一堆盒子说,有我的快递。我很快就找到了我的快递,是一个长方形的盒子,一看寄件人,居然是王蒙莎……

"你这一天都在看什么?"

雨岳手里的本子被一把抽走了,是金源,他边喝着浓茶,边将本子翻转过来对着自己。

"你还给我!"

雨岳一凶,金源只好还她。

"别这么神秘嘛!给我看看呗。"

"你忙完了?"

"你还有没有点良心,我连晚上的菜都备好了,你也不来帮我。"

"现在就好了?"雨岳回头看钟,才3点,今天快了不少。

"晚上有人请我们吃饭,爸说,赶紧滚出去吃饭!我还没虚得颠不动锅子!"金源模仿起他爸的样子,一看就是亲生的。

"请我们?谁啊?"

"张鑫。我昨天忙得跟条狗一样,喜糖都没来得及拿,他说要给我送过来,刚好请咱俩吃饭,二对二,结了婚人就多啦。"

"他老婆也去吗?"

"去,新婚嘛,隔天就分头行动,不怎么好吧。"

雨岳又坐回位置,心里有些不是滋味,她是在替林友感到可惜吗?

"你还看?"

雨岳向金源做了个鬼脸:"现在时间还早,你先回去休息,别影响我。"

金源觉得好没劲:"我得洗个澡,眯一会儿,你确定不来……"

雨岳无奈地摇了摇头,让他赶紧走,她得看看,王蒙莎到底给林友寄了些什么……

王蒙莎给我寄了双鞋子,一双红白相间,款式与我当年那双一模一样的保暖鞋。虽然是很久之前的款式了,但鞋子一尘不染,鞋底也干干净净的,显然是没有穿过。里面还有一封信,王蒙莎写的信。

"林友,

{ 第 2 章 }
光着脚的歌声

　　你好，很意外还能再与你相遇，知道你要采访我，我的第一反应是，惭愧。

　　因为这份惭愧，我不得不拒绝你的要求。不过本质上，我也不会因为出演了一场音乐剧就接受外界的采访，我拒绝了所有的采访请求。这是我的性格所致，我敏感，要强，但又缺乏自信，即使是有好事发生，只要我觉得自己实力配不上，就会本能地拒绝。

　　不知你还记不记得当年我与你换鞋的事情，我一听到你的名字，这段记忆就跳了出来，我当年真的好喜欢你的鞋，以至于表演结束后也不肯脱下。但我穿着一双不属于我的鞋，给我和我的家人都带来了麻烦。

　　我生活在一个条件很糟糕的家庭，爸爸在我很小的时候就得了白血病，他的病花光了家里所有的积蓄，妈妈甚至卖了祖宅给爸爸治病，但依旧没有效果，爸爸在我小学4年级时离开了，他留下了我和我妈妈，还有一屁股的债。每个月，妈妈都会拿出绝大部分钱去还债，还要花钱租房子，我们没有多余的钱去购买新的生活用品。你的鞋那么漂亮，真的让我不忍脱下。可我穿着这双鞋，被房东太太看到了，她当时不断问我妈妈催要房租，妈妈被催急了就回来骂我。那是我第一次跟她顶嘴。我从小被教育要懂事、要体谅，可当我看到你们拥有那么好的条件，我的心态彻底失衡了，我哭着质问我妈，为什么我要过那样的日子，为什么别人有新鞋穿，我却只能在大冬天里穿一双单鞋。我也想穿着自己的鞋子上台唱歌，可那会让所有人都觉得丢脸。

　　我对我妈妈说了很不好听的话，骂她没用，让她赶紧去赚钱。她已经没日没夜地在工作，可我居然还与她说那样的话，她当时一定伤透了心。不管过了多久，我一想起当时疯了一样的自己，都会忍不住瑟瑟发抖。

后来，你说你把我的鞋丢了，我心里居然有种如释重负的感觉，因为换了你的新鞋子后，那个周末我连躺床上都穿着，这么说真是不好意思，不过，在我心里，我真觉得那双旧鞋早已完成了它的使命，丢了，是对我爱慕虚荣的惩罚。

鞋子丢了，你跑来道歉，我真的立刻就原谅了你，可是没一会儿，有位衣着光鲜的女人来找我，她说她是你的妈妈，她来替你道歉，并给我买了新的保暖鞋作为补偿。

你永远没法明白我当时的心情，我感到窃喜，嘴角止不住地上扬，那种喜悦根本控制不了。可当我收下那双鞋，我就开始没日没夜地瞧不起自己，我从没穿过它，我把它藏在床底，用一层层的报纸把它包起来。我那么喜欢它，但不敢去碰它，因为我知道，一旦我将它穿在脚上，就彻底伤了我妈的心。

你了解我的，我除了会唱歌，没什么特长。我在一次又一次地代表学校演出后，终于被一家剧团看上，后来我又费了好大的功夫才考进了音乐学院的音乐戏剧系。齐雯雯对我来说，是恩人，我作为 B 角，一直跟着她一起排练。我见识到了一位长辈的努力，并且她也十分照顾我。那天音乐剧开场，她嗓子不适。其实这并不是真的，她是有意为之，想给我一次上台的机会。我记得当时我光着脚在后台备场，齐雯雯已经收拾好了东西准备离开，她看到我，走来与我说话。她说：'既然都光脚了，就没什么可怕了。'

我无比感谢她，但我从小害怕别人给予的毛病又犯了，给予和施舍之间，我永远看不清它们的界限，我不敢穿你妈

{ 第 2 章 }
光着脚的歌声

妈给我的鞋子,也不敢借着齐雯雯给的机会就向观众大放厥词。

很抱歉林友,我没法接受你的采访,至少目前不能,我想等有一天,我真正成为了舞台上的 A 角,我会很愿意与你聊一聊。我很感谢齐雯雯,感谢你妈妈,也感谢你,我始终记得当你把我的鞋丢了,来向我道歉,你的真心,你们的真心,我都可以感受到。

王蒙莎

2010 年 7 月 24 日"

我立刻上网买了灯油,在等灯油的那两天,我写完了采访报告——《我亲爱的宿管》。

她的声音无时无刻不在宿舍楼里回荡,她真的是为我们操尽了心,一天之内要是没发现 5 个以上的学生有任何违规行为,她会觉得自己这一整天都白过了。她喜欢与学生沟通,不管什么事,总之她是平凡岗位上最杰出的话痨,我也尽可能地在采访稿中将她圣母化。

没办法,当你心心念念的采访对象那么体贴地拒绝你后,采访谁都没什么两样了。而这份就地取材的采访稿,也没有帮我拿下实习的机会。

第二天傍晚,我终于收到了灯油,它晶亮的清澈度让宿管再一次提醒我,禁止在宿舍点火炒菜。而我趁向她解释这是什么油的时候,顺便又问她借了打火机,然后她又以安全为由,教育了我半个小时。

加入灯油,火焰再一次燃起,宿舍的光线暗了下来,我看到一棵银杏树下,坐在石凳上独自喝茶的邹晴岳。他小小年纪,灵魂却沧桑得很。想到他把女生说得哑口无言,我就提醒自己要当心,他不是一个好惹的孩子。

看四周的环境,这里是大林寺。我都忘了周正村还有这么包容的一座寺庙存在,即使 11 岁的我手拿炸串,也敢堂而皇之地在里面走动。我还担心他没地方可住,可怜地躺在空白里。

"过得怎么样?"我轻声说道。

邹晴岳回头找我,微扬起下巴,露出了笑脸:"抱歉,我没来得及去提醒你。"

我基本已经猜到了,并告诉他我妈妈替我还鞋的事。

"那你都忙了些什么?"

"跟踪你妈妈!"

我并不认为他是在开玩笑。

"她去了我家,大包小包拎了一堆礼物。"

我不明白这是做什么,如果是我妈妈去拜访我的任课老师,我当时才小学 6 年级,未免早了些。

"我姐以前和我说过,家里每年都会来一位老人,手里拎着东西,来拜访我爸。来了只问问生活怎么样、孩子怎么样,他像是一位长辈向我爸爸嘘寒问暖,但又比一般长辈姿态低很多,每次走的时候,他都会说,有任何要求都请提出来,他一定会竭尽全力,还会说一句'对不住了',然后才默默地离开。我姐问过好几次,我爸只说是学生家长。但显然我爸对他比一般的家长更敬重。我这两天住在大林寺,大清早就回去我家,看着我爸、我姐在整理花园,你妈妈拎着东西去见我爸,他们站在花园里聊了几句,我就听到你妈妈说,爸爸不在了,但他的话依然作数,有任何要求都请提出

第 2 章
光着脚的歌声

来,她会竭尽全力。"

我一下哽住了,这里面的关系我想我明白了,那位老者是我的外公。"你说你妈妈在你出生时就过世了……"

"林友,"邹晴岳的语气出乎意料的明朗,"过去的事就别提了!但说到要求,我现在还真有一个,那就是回溯小学 6 年,你听清楚了吗?就像这样,我还有很多事情想做,我还没满 18 岁。你,可得竭尽全力。"

我不知该说什么。

"五年级那段叫什么?"邹晴岳已经展开了新话题。

"竹竿上的鸟笼。"

"哦,对,棕背伯劳。"

"是的。"

"那可是一种很凶残的鸟……"

"这五颜六色的叫什么?"

"七彩文鸟。"

"这叫得挺好听的呢。"

"红嘴相思鸟。"

"你们怎么找到这地方的?"雨岳与万祎并排走着,金源走在前面,不时弯腰看一眼。这一家别致的餐馆,是他们约晚饭的地方。除了鸟笼形状的餐厅,还有一条长长的走廊,走廊里挂满了各式各样的鸟笼。

"张鑫小时候总替他爷爷去大林寺收鸟笼。"万祎笑着说道。

"收鸟笼?"

"是啊，说是村子里的老人闲来没事就爱在大林寺逗鸟，看谁的小鸟叫得好听，还把鸟笼挂在高高的竹竿上。张鑫说，他爷爷记性不好，几乎什么都会忘，总是到天黑了，才让张鑫去大林寺收鸟笼。渐渐地，大晚上去收鸟笼就成了张鑫的习惯。"

所以张鑫才会那么晚出现在大林寺，还捡到那盏煤油灯吗？雨岳这么想着。

"去年他爷爷过世了，他外出读书后也基本不去大林寺了，就特别爱来这家有鸟的餐馆，不过，这里的菜做得也挺好吃，清清淡淡的。"

雨岳觉得万祎是个很平和的姑娘，别致的外形，说起话来，轻声细语，倒一点不像能在运动会上叱咤的人。而林友，光看她的文字，就能感觉出她的有趣、活力，当然还有多刺。她们各有优点，适合不一样的人吧。

"雨岳，雨岳！"金源夸张地叫唤起来，他似乎是看到了什么奇特的小鸟，招手让雨岳赶紧过去。

雨岳走快两步，看到鸟笼里有一只黄色的小鸟，相比其他的鸟来说，身形大了一倍。一枝带刺的树枝伸进了鸟笼，小鸟不断用嘴巴在小刺上蹭啊蹭，仔细一看，原来是黄色小鸟将一条虫子勾在了小刺上，然后通过拉扯、撕咬，将虫子一丝一缕地吞进肚子。如果果冻可以拔丝，就是这个画面了。

"这只变态的小鸟叫什么？"

"棕背伯劳。"回答的是晚来一步的张鑫，他还是和以前一样，帅气不减半分，还更添了一份迷人的成熟感。

第 3 章

竹竿上的鸟笼

DIANDENG XUNJING

"你刚才和张鑫聊什么?"金源不时调着近光远光,"你之前认识张鑫和万祎?"

"不是我认识。"

"除了我,你们还有共同的朋友?"

"算有吧。"雨岳不想多说,转头看向车外,车子已经开始爬坡,刚才万祎去埋单,金源去了卫生间,张鑫突然提起,他认识晴岳,而且晴岳还与他说过,三年级时,那个在灯边哭泣的女生才是对的人。这样的话到底是晴岳自己想说的,还是林友让他转达的?不过这话肯定会产生歧义吧!依照晴岳回小学的时间段,张鑫不过才上初中。晴岳与一个初中生说三年级,那对方肯定会认为是初三,而张鑫刚好是在初三时捡到了林友的灯。"

"你在想什么?"金源有些担心一整天都神神秘秘的老婆。

"五年级的时候都在忙些什么。"雨岳有些心不在焉地说道。

"五年级?你想得有点远啊。"

"不过我那时候是六年级。"

"前言不搭后语的。"金源将油门踩深,车子往坡上驶,回家要经过大林寺,而大林寺旁有个进山口,那里有个小岗亭,走进山石道是要额外收费的,"这个天气很适合爬山,诶,你想吃竹鸡吗?"

"为什么突然说到竹鸡?"雨岳看向金源,"是新菜吗?"

"哪是!今晚那只变态小鸟,会竹鸡叫。"金源一本正经地说。

"你说棕背伯劳?"雨岳有些意外地问道。

"我烹饪过竹鸡,听过它们太多的惨叫了,那小变态叫得特别像。"

雨岳打了个哆嗦:"你总能一下把我拽回现实。"

"那你该谢谢我,你读了一整天的本子里可没你老公,我都想你了。"

"男人结了婚,就只爱自己的老婆了吧。"

金源感觉不妙:"你在说谁?为什么看起来很可惜的样子。"

"是可惜啊,不说清楚是哪个三年级,说不定心里还是抱着期待的!"

"要我带你去大林寺驱魔吗?"

雨岳摇了摇头说:"算了,不想了,明天给我做竹鸡吧!"

金源彻底摸不着头脑了。

回到家,忙了一天的金源很快就入睡了,雨岳翻来覆去睡不着,就算明天要早起上班,心里总还惦记着晴岳和林友接下来会怎么样。她伸手开了台灯,拿出那个橘粉色的本子,倚靠床背读了起来。

{第3章}
竹竿上的鸟笼

（三）竹竿上的鸟笼

  大三一放寒假，我便直奔去养老院，之后便整日守在外婆的房间，与她聊天说话，折一些年关要用的纸元宝，还不时写一些小文章，练练笔。我将一张小方桌搬到窗口，拿出稿纸和文具。我准备参加一个征文比赛，关于童话故事的。

  外婆是我的读稿员，每次我写完，她就会戴上老花镜，半躺在床上一字一字地慢慢读。外婆的病情在日益加重，但庆幸的是，病魔只是每日吸走一些她的体力，她并没有像其他癌症病人那样，感受到剧烈的疼痛。外婆越读越慢，而我却是每日一稿，不是在原基础上改稿，而是每天都有新的内容。我写了很多，只是不确定自己写的是否算是童话。就像外婆也说，站在动物的角度写就是童话吗？或者小鸟会说话就是童话吗？这些内容和角度都有些不可信，而我也总认为，童话故事是你要带着一定的自我欺骗性去读、去写才行的，我还没有摸到写童话故事的门道，但不管如何，我依旧每日会写。

  养老院依山而建，透过外婆房间的窗户，就能看到整片的山林，这里离周正村并不远，山与山紧挨着，更像是缩短了与家的距离。外婆总劝我出去走走，当我把剧情写到美女主人公和一条大狼狗结婚后，我认为确实可以去爬趟山了。

  我从养老院后的山坡往上爬，最开始还能听到身后传来的加油声，来外婆房间串门的老头老太，都希望我替他们好好看一看山顶的风景。一想到那么多双期盼的眼睛盯着我，肩头书包里的一瓶水和一包纸巾，顿时都有了分量。直到上了半山腰，耳边才清静起来。我很有爬山经验，小时候经常跟着外公外婆上山，挖笋、采南烛叶，我都得心应手。但随着两位老人的年龄增大，我们便很少再外出登山了，我几乎没有像这样一个人登过山，心无旁骛，速度越来越快，爬到山顶，才感觉到气喘吁吁。

我坐在用铁链围起的山顶巨石上，远眺着并不受季节影响的绿色山林，不知为什么，心底像被挖空的山谷，山风一灌进来，脑子里都是"呼啦啦"的回声。我突然想回周正村的房子看看，外婆住养老院后，我基本没回去过，便起身往紧邻的山顶去，山顶与山顶之间的小路蜿蜒但平整，相比登山，这简直太轻松了。我脚步轻盈，在第三个山头，遇见一支爬山队伍，他们人数众多，我分不清他们是从哪个方向上来的，上山有太多的路径。他们看起来很专业，衣服都是亮粉、亮绿等出挑的颜色，而脚上，都穿着锯齿状鞋底的登山鞋。我从队伍里挤过去，听到有个女声在号集队伍往回走。没走两步，就看到了对着话筒说话的万祎。我俩都愣住了，但我立刻反应过来，原则上她并不知道我认识她，我又何必将诧异表现在脸上，大可绕过她，接着走自己的路。

"走石阶的话，下山也要验票，那里是收费的。"

这句话一连说了好几遍，队伍里有人向我做手势，示意那话是说给我听的。我回过头，万祎正提着她的小话筒，一双细长的眼睛看向我。

"我们是一个公益的爬山团，你可以跟我们一起下山，12点半开饭。"

我听到队伍里有人在说，要找个50人的大包间。我看了眼时间，已经快12点了，我爬上山顶花了近一个小时，下山只要半个钟头的话，登山团肯定知道近路。

{第 3 章}
竹竿上的鸟笼

我便加入了大部队，但很快发现，所谓的12点半开饭、找50人的大包间，不过是万祎忽悠我入团的手段。当12点半临近，我听到身后的队员在说，终于走了一半了！才一半的山路，那这荒山野岭的去哪找50人的包间？

万祎一直走在最前方，而我紧随其后，她莫名出现了一种忘我的状态，直到一位穿着亮橙色外套的大叔小跑过来，上气不接下气地挡住了万祎，说道："领队，再走就要走到天上去了，找地方开饭吧！"

这句话一下唤醒了万祎的领队意识，做公益也得吃饭，可我的包里，只剩下喝了一半的矿泉水，我本就没打算在山上吃午饭。这50人的大团，人人都能从背包里拿出可口的食物，甚至还在杂草丛生的山里铺起一张张漂亮的桌布，果然是能容纳50人的"大包间"。万祎从包里拿出事先准备好的食物，并递给我一块面包和一罐八宝粥。

我俩坐在几根倒地干枯的竹竿上，默默吃了起来。山里风很大，前一刻还热得满头大汗，后一刻已经后背发凉。冰凉的八宝粥喝下肚，体温下降得更快。

"我们几点能下山？"我不问，万祎也不准备开口。

"下午3点。"

她肯定是故意的。

"你没走过什么坏路吧！"万祎突然沉着声说道。

我一个文科生，将来还必定搞文字工作，万祎话里的那点小情绪我理解得太透彻了，我将塑料勺扔进了罐子，决定再不吃那冰凉的东西。"你可以再表白一次试试。"

万祎立刻僵住了。

"你不觉得很奇怪吗？"我有些开玩笑地看着她，"张鑫拒绝了你,可你却恨起了我。可这事,说到底与我有什么关系,我又不是针对你才和张鑫谈恋爱的,你说对不对?"

"张鑫,和你说的?"

我只是笑了笑。

万祎的脸涨得绯红:"你说这话,是和张鑫分手了?"

这事说来也怪,我和张鑫都是急脾气,却在感情这件事上变得有些拖泥带水。我们从看完音乐剧后就再没见过面,平时也几乎不联系,只在过节时,张鑫会给我发问候短信,有时候看到了,我也不知道该回些什么,就放在一边,没一会儿就忘记了。可我们始终没有说分手,以至于总让彼此或是他人觉得,我们可能还是男女朋友。我一看到万祎,反倒为我们的这段将死却始终没死透的关系找到了解决方法,其实只要我们中间的任何一人,有了另一段感情,我与张鑫可以不打一声招呼就彻底断了关系。

"你可以再表白一次试试。"我又重新说了一遍,"如果你能接受他的大男子主义、唯我独尊,你真的可以再试试。"

"张鑫有那么糟吗?"

"并不糟吧,只是刚好我也太自以为是,所以我俩在一起很容易火花四溅,为了不引发火灾,还是不要在一起。"

"你俩真的分手了?"

"非得要我明说吗?你现在留在周全镇?"

万祎微微侧头:"我是为了张鑫才回来工作的,他被家里叫回来了,会在自家工厂帮忙。我可以为他做任何事,改变我的所有方向,但我不敢再和他表白了,他应该喜欢你这样的。"

这话一点都不让我觉得得意,反倒有些惭愧和反感。万

第3章
竹竿上的鸟笼

祎那么在意张鑫,可张鑫从来都不是我的风向标,即使我们成为男女朋友后,我也不曾为他改变过分毫,我们是一艘船上朝着不同方向的两张帆,注定是要分开的。"如果你硬说张鑫喜欢某种类型,我想我和你也有共同之处,我们不都对着那盏煤油灯哭个不停吗?有裂纹的那盏。"

"你怎么知道?"万祎瞪起了眼睛。

"我看到了。大林寺毕竟是个公共场所,那时候你大三?"万祎尴尬地点点头。

我心里已经有了主意:"找机会再与张鑫说说吧,你默默为他做的那些傻事,都告诉他,他其实是个蛮心软的人。"

下到山脚,那并不是周正村的出口,我想回家的心情好像也变淡了。万祎有车,将我送回了养老院。我中午没有回来吃饭,但外婆也没给我打电话,我不免有些担心。匆匆跑去房间,听到有客人在。声音是我很熟悉的一位亲戚,我便直接进去了。原来是我的一位姨婆,也就是我亲生外婆的妹妹,她带了水果和补品来看望外婆。她平日里对我很热情,但对外公外婆几乎没有好脸色,现在这个时候来探望,也有种作最后告别的意思。姨婆离开前还给我塞了一个新年红包,我怎么推辞也没有用,等送走了她,我坐在外婆的床前,说姨婆也太客气了。外婆露出已经干枯的笑容,没有多言,只问我爬山爬得怎么样,我把登山队夸张地描述了一番,还给外婆看手上划到的伤口,我下山时一连摔了三跤,一跤比一跤惨,但人却很亢奋,完全没注意到外婆听着听着就已经睡着了。我总觉得她不是生病,而是太疲惫了。

除夕夜终于到了,妈妈有一个很短暂的年假,我们在养老院一起吃完了年夜饭,我与妈妈便带着平日里外婆折的元宝，回家请财神。这项传统活动平时都是外婆做的，今年由我和妈妈执行，完全是依样画葫芦，商量着烛台摆哪里、元宝要在哪里烧，最后元宝烧完了，发现两支红烛还没有点燃，整个大厅烟雾缭绕的，我与妈妈只能请财神老爷见谅。请完财神，新年家里必须有人守岁，妈妈让我留在家里睡个懒觉，而她再次赶去养老院陪外婆。

我很满意这个安排，也为这个守岁做好了准备。洗漱完毕后我直接躺进了被窝，听着窗外热闹的鞭炮声，不时看一眼墙上的时钟。我精神亢奋，等着新一年的到来。等秒钟划过12点，我又多等了一分钟，拿起我那折了又折的作文，迫不及待地点燃了煤油灯。

"五年级，竹竿上的鸟笼

我在学校的走廊上捡到一只棕背伯劳，比普通的麻雀大了近一倍，橙黄色的茸毛占了身体的三分之二，而翅膀、尾翼，以及眼周，都有深黑色的纹路，像是蒙着眼的佐罗，佐罗有剑，而伯劳有坚硬弯曲的喙。

那只被我捡到的棕背伯劳，是自己撞上教室玻璃的，它啄死了一只麻雀，而自己折伤了一只翅膀。我将伯劳带回家中，由外公负责照顾它。但因为它总在傍晚时分叫个不停，所以养伤阶段一直养在附近的寺庙里，鸟笼挂在高高的竹竿上，晃呀晃。

周末，我与外公去山林里放飞它，外公说，再强悍的鸟儿也该有分寸，不能为了一顿饭而搭上性命，它不会每次都那么幸运，获得别人的帮助。做人也是一样，要懂得取舍，不能什么都要。

现在外公已经过世，我经常看着那个已经空了的鸟笼，

第 3 章
竹竿上的鸟笼

回想外公曾经说过的话。"

读完之后,我惊喜地发现四周变得昏暗起来。视线里出现了一只纹丝不动、躺在鸟笼里的绿色小鸟。而鸟笼下方,是一位正抬头仰望的小孩。

"邹晴岳!"我兴奋地喊道。

晴岳仰着头,睡意蒙眬地笑了。

"好久不见,新年好!"

"新年好?"晴岳身上穿的是睡衣,而他的语气比面孔精神多了。

"从去年7月,到现在的2月,快有7个月了。我之前对着煤油灯念了好多遍,发现都没有用,我就想应该是时间问题,五年级到六年级,不是差了个年嘛,我今天就想试试,没想到真的进来了。"

"跨年了,那现在是2011年?"

"没错,不过灯境是2000年,我五年级。"

"竹竿上的鸟笼,"晴岳指着高挂在竹竿上的笼子,"那里面有鸟吗?"

"有,不过好像已经死了,一动不动的。"

我们正说着,就听到走廊里传来了跑动声,来的人居然是张鑫!也穿着睡衣,不过外面披了件外套,脚上还穿着拖鞋。他有些意外地看着站在鸟笼下的晴岳,说了声"不好意思",直接爬上栏杆,将鸟笼取了下来。

"那鸟是死了吗?"晴岳问道,"看起来已经僵了。"

张鑫晃了晃笼子,打开笼门,把小鸟的"尸体"拿了出来。"应该没死吧。"张鑫将小鸟平放在掌心,用手轻轻拍了拍,"喂,可以醒了。"

没拍两下，小鸟真的跳了起来，在张鑫的掌心神气活现地蹦来蹦去。"这只鹦鹉喜欢装死。"

张鑫说着，就准备带鹦鹉离开，但走出两步又回头看晴岳问："这么晚，你待在这儿做什么？"

"哦，我住这儿。"晴岳这一身打扮很合适。

张鑫半信半疑地点点头，估计谁也想不通为什么一个孩子要住寺庙吧！张鑫提着鸟笼离开了。

晴岳在夜深人静的走廊坐了下来，两脚悬空，看起来与去年差别不大。

"你认识他吗？"我问道。

晴岳摇了摇头。

"他是我的前男友。"

晴岳立刻歪头笑着对我说："他是五年级的主角吗？"

"不是，不过你得帮我个忙。"

晴岳笑了起来，"你记得盛科吧，你是隔了7个月，我感觉就睡了一觉，撮合人对我来说太难了。"

"那就拆散好了。"

晴岳笑得更厉害了，"你俩是青梅竹马？现在已经是男女朋友了？"

"别乱猜，我俩是从大学才开始谈的，性格不合，却又斩不断。"

"那现在斩断会不会太早了！大学的问题从小学开始？"

"他初一了。"

"那也早啊。"

"就传一句话。"

"我好不容易复活一次，怎么尽给你们解决感情问题！"

{第 3 章}

竹竿上的鸟笼

"你告诉他,真正适合他的人,是那个大三时在煤油灯边哭泣的女生,不是他初三时遇到的那个。"

"你俩之间出现第三者了?"

"收起你的想象力!"

"那什么大三、初三的?"

我把我与张鑫,以及万祎之间的事告诉了晴岳。

"谈恋爱都像你这么大方吗?"晴岳似笑非笑地瞪着我。

"我外公说人要懂得取舍,我和张鑫不合适。"

"可我还能再遇上他吗?"

"如果他爷爷有忘鸟笼的习惯,应该会吧。"

"这回我可以待几天?"

我算了算:"我应该是在周末放生的,会有大半周吧,今天不是周二,就是周三。"

"主角是谁?"

"10岁的我,还有我外公。"

"这个时间,你和外公都来过大林寺了?还是,已经是故事发生的第二天了?"

我也有点想不通,现在应该凌晨一点都没到,难道直接跳过了第一天?

"不管第几天,你有想好要做什么吗?"

晴岳不以为意:"我只能随机应变,不过你外公身体还好吗?他会出门吗?我不会只能在你家和学校之间晃悠吧!"

我突然想到,外公这个时候能在家,就是因为身体出了问题,而这个问题最终也没有解决,一年后,他过世了。"外公在家休养了一年,但还是没把身体养好,不过我记得那时候他还替周全镇的镇委工作。"

"做什么?"

"我外公是搞建筑的,会去检查各个乡村小学的房屋安全问题,我记得周正村小学还没合并的时候,外公隔三差五就会来学校检查。"

"听起来不错,希望你外公可以出门逛逛。"

"希望吧。"

"你呢?寒假在忙什么?有出去旅游吗?"

我实话实说:"没这功夫,我最近在忙一篇征文,我要写一个童话故事。"

"童话故事?林友,你是要当作家?"

"我学编辑与出版,和文字有关的我都可以做。"

"可我记得你妈妈也是搞建筑的吧,你就没想过往那个方向发展吗?"

"我是文科生!"不知道为什么,这话说出来让我感到很自豪,"而且我从小就决定不当像我妈那样的女人。"

"这是什么决定,你妈妈只是太忙了!"晴岳笑着说道。

"她是不在意,在她心里,她自己的工作最重要。你也别说什么我不懂事之类的话,我与我妈很陌生,难得我想亲近她,也是吃力不讨好。这事又得从你离开的那天说起,我不是拿灯迟到了嘛——其实那几天学校要开家长会,我觉得那段时间我表现得挺好的,我妈也刚好回来,我就想让她去开家长会。可我妈又是一副忙得不行的样子,我生气了,就故意把一碗汤洒在了她刚弄好的文件上。"

"又开始欠揍了。"

"我妈扇了我一巴掌,把我扇出了鼻血,我是鼻孔里塞着棉花去的大林寺。"

{第 3 章}
竹竿上的鸟笼

"你和你妈妈的脾气半斤八两吧。"

"可我现在挺后悔的,当时为什么要和我妈吵架呢?如果我当时不和她吵,我那天也不会迟到,也许就能在大林寺门口遇见你了,这样你身体不舒服的时候,我很有可能就在你身边,给你做急救,说不定你就没事了。"

晴岳居然露出一副"你拉倒吧"的表情:"说不定我把灯还给你就完事了,我走在回家的路上,不知倒在了哪个乌漆麻黑的角落,岂不是更惨?尸体可能要过好些日子才能被找到。"

"你能别这么说自己吗?"这话真让人哭笑不得。

"拜托,我可半点都没有怪你的意思,而且你都已经让我复活第二回了,我还有什么好怪你的。"

"可你老实说,你进到我的回忆片段,是不是蛮无聊的?毕竟路线都被规划好了。"

"不无聊啊,在规定的路线找事做,比在没有局限的情况下找事做容易,就像选择太多比只有两三个选择,更容易让人产生困惑。"

"好吧,你的样子很不适合讲大道理。"我看着他睡衣上的维尼熊,和他本人一样可爱。

"要不,这几天我帮你找找灵感吧?"

我心中一震,"你怎么知道我写得不顺?"

"你的急脾气,要是写顺了,肯定会说个不停!"

我与晴岳不过是第二次交流,他就摸透了我的路数,智商高的人真是可怕。

"你先回去睡觉吧,现在月黑风高的,我也要回我的'金龙鱼'包间躺会儿,好好思考一下天亮后的事。"晴岳跳下走廊,顺着弯曲的廊道,往包间去。

我一路跟着他,来到一间门口挂着头是龙、尾是鱼的木制饰品的房间前停下。

晴岳熟练地从走廊边的第二个花盆下翻出一把钥匙。

"你怎么会知道那里有钥匙?"

"我去年,不对,是明年来的时候,方丈告诉我的,他说大林寺一向如此。"

晴岳开了门进去,我进入房间的灯里,将整间包房照得亮堂堂的。房里只有一张可以放东西的木桌子和一张单人床,床上的被子让我想到了军训时叠的"豆腐块",看起来硬邦邦的。

"住在这里会不会太辛苦?连起码的洗漱用品都没有。"

"活着就是历练,百炼成钢嘛。况且我也用不到,大一的我会替我收拾的。"

"大一?上次见面你说你上大三?有没有搞错,你又跳级!要修那么多学分诶!"

晴岳一副别大惊小怪的样子,躺上床,朝我挥挥手:"别再让我说大道理了,熄灯吧。"

新年的觉必定睡不踏实,一大早就鞭炮震天,就像连成串的鞭炮在枕边放响一样。可我困极了,不想睁眼,直到听见车喇叭响才起来。窗外才蒙蒙亮,妈妈已经从养老院回来了。

一下楼还没来得及说"新年好",妈妈就让我收拾一下行李,她要带我出一趟远门。我手忙脚乱地收拾好,匆匆坐上车后,妈妈递给我一个文件袋,打开一看,里面居然是份

{第3章}
竹竿上的鸟笼

遗嘱。我一下就慌了，立刻给外婆打电话，电话一接通，外婆缓慢的声调从电话那头传来，我的眼泪就控制不住地往下流，我哭哭啼啼地向外婆说"新年好"，根本不敢提遗嘱的事。外婆在电话那头说辛苦我和妈妈了，大年初一就要出一趟远门。

挂了电话，我妈脸上浮出一种嘲弄的表情，说内容都没看，就这么感动了吗？我这才开始读那份遗嘱，原来外婆将周正村的那套房子还有手里的所有积蓄，都赠予了我，但遗嘱的最后一项上写着，在我认可的情况下，将一张2万元的存单——那是外婆在与外公结婚前的积蓄，转赠给一位叫沈群锋的男子。我问妈妈这个人是谁，妈妈说，是外婆的亲儿子！老实说，我并不知道外婆有自己的孩子。

车开了很久，还上了渡轮，下了渡轮我们又开了很长的一段路，跨了一座城，抵达已是半下午，我庆幸自己把煤油灯带上了，要不我很可能在出门这段时间错过与睛岳见面。

我与妈妈来到了一家很有特色的民宿，进门就看到各种各样的木雕，还有一张据说是用整树做成的巨大桌子，上面摆着精致的茶具。民宿的档次看起来很高，我与妈妈办理了入住，还好，一人一间房。办理入住时，我听到客人喊前台的中年男子为沈老板。回房路上我便与妈妈确认，这个沈老板是不是就是沈群锋。妈妈让我自己看照片核实，她对这件事的了解并不比我多，而且这笔遗产归我不归她，她只是想出来度个假，现在要回房补觉。我说吧，我妈向来对不是她的事，不关心。

可文件袋里是一张襁褓中婴儿的黑白照，那个年龄段的孩子都长一个样。直接拿去找沈老板求证未免太唐突，我便决定在晚饭前,与晴岳碰个头,问问他的想法。

回房我就点燃了煤油灯,身边的环境就像我凌晨离开时那样,依旧停留在"金龙鱼"包间,只是邹晴岳从躺在床上,变成了坐在桌前。

我一下点亮了整间房,晴岳伸出手向我打了个招呼,却依旧背对着我。

"你不会是在抄经吧?"我见他伏在桌上,奋笔疾书的样子。

"这是家长信。"晴岳直起了腰,拿着纸片又看了一遍,终于将面孔朝向了我,嘴角还挂着一丝得意的微笑。

"仔细听着啊!林工您好,我是周青越的爸爸,很高兴您愿意带上我的儿子,一同去各校进行房屋安全检查。青越因盲肠炎手术被要求在家休息两周,他早已康复,每天在家也无所事事,能跟您一起外出,是他的荣幸。希望他多学多看,也不枉费您带他出去一趟。"

"林工?"

"你外公啊。"

"周青越?邹晴岳!你唱哪出啊?"

晴岳得意地靠在方桌上:"你外公上午过来参加鸟会,我无意中听到他明日的出行安排,就拜托他明天带上我,我一定帮他端茶拎包,像个小随从一样寸步不离。"

"我外公同意了?"

"当然,我告诉他我曾经是你的幼儿园同学,关系好得连你什么时候用孩儿面、什么时候用大宝都一清二楚。"

"那时候也只有这两样吧!我外公信了?"

"当然信了!我还说我爸妈离婚了,我判给了我妈,要

{第3章}
竹竿上的鸟笼

不是生病休息,我平时都回不来周全镇,而且我还有个很厉害的身份,我在学校是小记者兴趣组的副组长,老师要我写采访报告,可我天天在寺庙玩,采访到的都是看破红尘的道理。你外公立刻就同意带上我了,不过要让我爸带个信,这不,我替我爸写完了。"

我真想扯一把晴岳的嘴,他真是让我大开眼界,这小子完全不是只会读书的书呆子。

"不过你外公没带棕背伯劳,一群老爷子里,就他什么都没带,光来唠嗑了。"

"那今天周几了?"我不由问道。

"周三,我向僧人确定过了。"

"是不是今天才会捡到鸟啊,不过故事能延长也是好事,反正你会瞎编,上哪儿都能混下去。"

晴岳得意地将信纸收了起来,问:"你呢?大年初一过得如何?"

我赶紧将那2万块钱的事说给他听,让他出出主意。

"林友同学,你这智商肯定写不了推理小说吧。"

屋子里的灯光被我弄得一阵亮一阵暗的,一口气被他堵在了胸口。

"苏轼的《题西林壁》,不识庐山真面目,只缘身在此山中。"

"我怎么就走丢在山里了?"我的语气有些发冲。

"因为你总想着那2万块钱啊!"

"可现在就是这2万块钱闹的,你说我该不该给?我一进这店,店员就说那整块树做的桌子,要上百万。2万块,对我来说已经是笔巨款了,可对沈群锋而言,就是毛毛雨吧。"

"没人会嫌钱多,尤其是富人。"睛岳一副老江湖的样子。

"那我应该给?"

"现在不是给不给的事,而是去不去的问题。"

"什么啊?"

"你外婆是在什么时候把这儿子送出去的?"

"我妈说是一两岁的时候,那时我外婆死了丈夫,条件不好,连自己都活不下去了,就把孩子送了出去,很多年后才嫁给我外公的。"

"你外公条件也不好?"

"怎么会!我家条件在周正村数一数二。"

"那就行了,这2万块可是你外婆在婚前攒的,她为什么不早点给?"

"这事也怪我外公,他当年和外婆结婚,就是看重她无儿无女,所以……"

"所以你外公很护着自己的孩子,你外婆不想去犯这个忌,可你外公离2011年已经走了快10年了吧,这么久都不给……"

"你的意思是,外婆现在给,是为了见一见自己的儿子?"

"我想是吧,都到这个节骨眼了。"

"那我要直说吗?"

"你已经去实地考察了,不如先了解一下这位沈老板吧,毕竟这么多年骨肉分离,也要点缓冲时间。"

"也行,你考察你的,我考察我的,咱们明天再碰头!"

当天晚上,这位沈老板在百忙中还给我和妈妈的小餐桌

{第3章}
竹竿上的鸟笼

上了一回菜。我话都到嗓子眼了,可他进出房间速度太快,又有我妈这个看好戏的观众在,我一紧张,开口失败,整顿饭都吃得没滋味。晚饭过后,喝了些酒的妈妈,早早回房休息了,而我独自一人在民宿晃悠,那满是木雕的前厅就像个"木雕博物馆","博物馆"里自然少不了馆内介绍,彩色宣传册上就标着这位沈老板的大名——沈群锋,他毕业于国内知名大学,还去国外读了研究生,在外企工作十多年后,才创办了这家民宿。这么看来,当初外婆是将自己的孩子送去了一个很好的家庭。

之后,我又在民宿闲逛,总是不自觉地跟上那位一刻不得闲的沈老板。我站在热闹之外观察他,他一会儿忙餐厅,一会儿又去户外搭建篝火,指挥员工往烧得很旺的柴火里扔用锡纸包着的红薯。在他身上,我能看到些许外婆的影子,凡事亲力亲为、操劳不断。不小心看入神了,沈老板已经迎面走来,热络地问我需要些什么,我慌慌张张的,只好问他明天早饭是几点。我一下变得犹豫和局促起来,不敢轻易开口,生怕打乱了他忙碌又稳定的秩序。

初二的日子,我原想进灯境,但一想到晴岳要跟着一群人出行考察,估计说话会不方便。便待在房间看书、练笔,看另一座城市的电视节目,妈妈几乎在睡觉。我家一直没有春节出游的习惯,现在看来,确实也没这个必要。一直到下午4点,我才点燃煤油灯,晴岳甩着手上的水珠从卫生间出来,眼睛一下就直勾勾地盯上了我。

"我作为一盏灯,有这么明显吗?"

晴岳稚嫩的脸上绽放出笑容:"天还亮着呢,大林寺不舍得这么早点灯。"

"今天过得怎么样?"

"还不错,哦对了,我旁敲侧击,你外公昨天拿到棕背伯劳了,估计明天就能来遛鸟了。"

"那这回的灯境给的时间挺够。"

晴岳坐在走廊上,靠着赤红的柱子:"今天过得很满,跑了四所乡村小学,人数真是少得可怜,一个年级一个班,每个班只有十几二十个学生,不过我关注的不是学生。"

"那说说吧,我这一天可是挺无聊的。"

"行,听邹老师讲故事。"

看他的嘚瑟样,我忍不住想笑。

"在第一所学校,我没有跟着林工进学校内部,我叫你外公林工可以吗?"

"随你好了。"

"那所学校,进门就有两棵很大的银杏树,树下有个小卖部,一个圆脸、短发的女人正在教她的儿子如何查字典,不过她的水平太烂,我就上前指导了一下,靠近了才发现那个男孩右手臂少了一截,包裹着纱布,看起来正在恢复中。没一会儿,一位送面包的师傅开着小车过来了,女人从店里搬出一筐面包,两人将怀里的面包交换了一下。我听女人在说,把日期标签多往后移一些,一时半会儿也坏不了,而面包师傅怪她卖不了就不应该进那么多货,保质期总共就那么几天,标签可以换,但食物也真的会坏。面包师傅一走,下课铃就响了,学生们都出来光顾小卖部,但他们要买的东西小卖部似乎没有,还说什么以前都有。我偷偷问男孩,为什么你妈妈看起来像个新手。小男孩说他妈妈原本是在校办工厂工作的,男孩每天放了学会去工厂玩,可前不久,他趁妈

第 3 章
竹竿上的鸟笼

妈不注意,把手伸进了机器,结果被吃掉了右手。男孩妈妈为了照顾男孩,必须把两班倒的工作换掉,学校作为补偿便安排她来经营小卖部,可小卖部原本是有人经营的,而且经营得很好,对方肯定就不乐意了,便闹了起来。学校就进行了调整,规定一人干一学期,这就意味着,一年中男孩的妈妈要失业半年,而且学校的学生看起来并不喜欢男孩的妈妈。"

"有点揪心呢。"

"是啊,男孩没了手,这对一个家庭来说,就像是一场风暴,可这场风暴还波及到了别人,原本那个经营小卖部的人,她与整件事都毫无关系,却平白无故地被减掉了一半的工作。林友,我脑子里固存的一个概念,任何事努力就会有结果,一个人过得不好,或是做错了什么,不是别人的问题,而是百分百他自己的问题。可现在看来,操控一个人命运的,好像不只是自己的双手。"晴岳看起来挺严肃的。

"生活中肯定有很多迫不得已吧,真不知道我以后工作了,会是什么样子。"

"那等你以后工作了,一定要和我聊聊你的想法。"

"嗯,一定。"

晴岳又接着往下说:"我们在第一所学校待得有些久,所以赶往第二所学校时,已经是饭点了,学校招待我们一起用餐,有红烧肉。"

我看晴岳却皱起了眉头,不禁问道:"你不爱吃?"

"爱吃,只要里面没有浸满汤汁的烟头。"

"呃……"我感觉不太舒服,像是被喂了一块这样的红烧肉。

"不是我吃到的,是一位女老师,一人吃到,所有人都觉得自己嘴里有烟味了。她就拿着那个烟头去给校长看,校长又冲去那间小小的厨房。厨子正蹲在台阶上抽烟,但他嘴硬,态度也不好,硬说自己炒菜时没抽烟!可还会有谁呢?他的助手是一位快满70岁的老奶奶。而校长一走,我就听到那个厨子在说,他准备辞职了,在这所破学校,一年到头就烧那几个菜,一点发挥空间都没有。"

"他这态度可不行。"我立刻说出了自己的看法。

"是啊,老奶奶也说,领着工资,被骂两句算什么。哪份工作都一样,没有定性,不好好干,工作就会换不停。"

"这话是没错,可我觉得就算是工作,新鲜感和趣味性,也是非常重要的吧!"我将我十分理想化的看法说了出来。

而晴岳显得很包容:"其实这就是不同的生活选择,老年人和年轻人,不同的人,对工作的要求都是不一样的,我们没必要去评判对错,但还是应该认真对待手里的工作,不管喜不喜欢它。"

"说得没错,那第三所学校呢?"

晴岳盘腿坐在走廊上,接着说:"第三所,我跟着林工去检查了水电,这所学校将最东面的一间空教室租给了从外地来的一对老夫妻,他们还带着一个小孙女,墙角堆满了压扁的塑料瓶和收来的废报纸,毫无整洁可言。而他们的小孙女几乎和那些废品融为一体。我这么说很抱歉,但真是这样,身上太脏了,还要我陪她玩,我一下都觉得自己有洁癖了。林工交代他们,尽快把这些东西卖掉,好好收拾一下屋子。林工说,他们完全有那个条件让自己变得体面一些,因为他们不单单是学校的租客,还给学校看大门,房租用工资

第3章
竹竿上的鸟笼

就抵掉了。而且收废品不代表他们没钱,附近的运河里,还有他们名下的大运货船呢!他们这样不修边幅,也会影响学校的形象。"

"学生总在学校看到这样邋遢的人,也不好吧?我个人觉得,一个人的穿着不用太讲究,但干净还是很重要的。"这是我一直坚持的观点。

"是这样。"

"那第四所呢?"

"第四所我没有进去,就站在门外等林工出来。"

"为什么?"

"我在设想它是好的,方方面面都很好,小卖部货品充沛,食堂干净整洁,学校也不会将空教室外租。而且这所学校的操场面积比教学楼大,这给我的印象就非常好了,学生在那里应该会过得很自在吧。"

"希望如此。你跟着出去了一天,看了不少东西。"

晴岳点点头说:"林子大了什么鸟都有,其实学校绝非象牙塔,多留个心眼,就会发现有各种各样的人生。"

走廊里突然传来口哨声,一位身材高大的老爷爷,来到竹林前,取走了他的鸟笼。他是张鑫的爷爷。

"看来你男朋友今天来不了了。"

"其实依照去年的经历,不管你说或不说,估计我活到20岁的经历都不会改变。"这一点我挺确定。

"那还要不要我说?"

"能遇上还是说一句吧!给别人留点机会。"

"你还真是特别。对了,想好怎么与你外婆的儿子说了吗?"

我看着原本挂鸟笼的竹竿，它还在晃悠。"我可能只想好了那篇童话该怎么写。"

听完晴岳这一天的经历，我心里突然有了些想法，但它们还没有成形，看不见摸不着，有待进一步地整合与塑造。

晚餐桌上，我难得与妈妈达成共识，那道油煎竹鸡烹饪得恰到好处，肉质鲜美，比普通鸡肉更有嚼劲。妈妈喝了几杯酒，就开始感叹，她说老太太不容易。我印象中，那是我第一次听到妈妈评价外婆，她们俩一直都互相表现得很客气，遇事也从没红过脸。妈妈说当年自己母亲去世，一年没到外公就将现在的外婆娶进了门，以前外婆的兄弟姐妹，其中以给我红包的姨婆为首，在结婚当日还赶来家里，对着外公外婆一通臭骂。妈妈又干了一杯酒，一脸苦笑，外人都觉得外公太冷血，这么快就娶了新人进门，可做女儿的却松了口气。

"我又照顾你，又要照顾你外公，男人会点什么？男人什么都不会！我三头六臂都忙不过来。那种时候，我早忘了难过是什么，更加没力气去介意，能赶紧有个人进来帮一把，做个饭洗个衣服，我真是太谢谢她了。外人是站着说话不腰疼，可人活一世，真没那么多功夫去感情用事！"

我觉得妈妈有些醉了，扶她回房，她躺在床上，眼神迷离地提醒我："该回去了，老太太该想咱们了。"

我也想外婆了，可我的任务还没完成。回到房间，我丝毫没有睡意，空空的掌心总像有东西等着我去抓取，我翻出稿纸，靠在床垫上，将脑子里的所有想法都记录下来。每次写稿，尤其是写得顺的时候，我就会变得很亢奋，我写了

{第 3 章}
竹竿上的鸟笼

改、改了写，趴在床上、坐在床上，直到稿纸上的文字让我彻底满意了，一按手机，上头显示的已经是早上4点，时间过得太快了。我精疲力尽，又心满意足地走出房间，清晨冰凉的空气让我通体舒畅，我在静悄悄的民宿里散步，给我过热的大脑降降温。没想却遇上了早起的沈群锋，他手里拎着一个红色水桶，似乎还有些分量，拎在手里微微侧着身子。他一见我就问，是房间不舒服吗？我说是我习惯早睡早起，问他拎的是什么，他将水桶给我看，里面是一只背部深青色的大甲鱼。

"野生甲鱼，10多斤呢，朋友送的。"沈群锋说不舍得吃，所以准备去放生。

我便问他能不能一起去，沈群锋爽快地同意了。

我们一同来到民宿旁的一条大河，这两天也总能听到"哗哗"的流水声，沈群锋踩着石头走去河边，我在后面跟着。他将甲鱼倒进河里时轻声说道："游远一点，再也别回来了。"沈群锋是一个挺温和的人，和外婆一样。

甲鱼一入水，就不见了，放生不过就是"扑通"一声的事。我想与沈群锋多说些话，想到宣传册上的内容，便问他，为什么在外企做得好好的，要来开民宿。沈群锋露出不好意思的神色，他说没有好好的，宣传册上必须把情况往好里写，这样看起来才有面子。可说到底，谁真的会在一切都好好的时候，跳离原来的轨道，去做别的呢？

沈群锋的实话，一下拉近了我俩的距离，他完全称得上是一位敬职的老板，但也肯定是个害羞又内向的人，才让我觉得他行色匆匆。沈群锋说，他从小的路都被当大学老师的父母规划好了，读书、出国、进外企，都是父母认真计划的。但在他还没开民宿前,他的父亲生了一场重病,躺在病床上,以老教授的姿态,列了10个——如果病能好就必须要去的地方。沈群锋说很幸运,他父亲的病被治好了,而他的父母此刻正在四处旅行的路上。这件事也让他体会到,即使是着手给他人安排人生的人,自己脚下的路也会出错,既然是这样,沈群锋就想要做些改变了,辞了那份几乎再没有上升可能、让他觉得单调又重复的外企工作,开了民宿。

沈群锋谈到父母,我便趁这个机会向他说起了外婆,说她年轻时不得已,将自己的儿子送给别人抚养,但现在,她的生命即将来到尽头,她想为这个送走的儿子做点什么。

"做什么呢?"沈群锋问道。

我说当年因为条件差,所以才将那个孩子送出去,现在我外婆有一笔小积蓄,想赠给他。

沈群锋突然问我:"你知道我父亲为什么真的会去那10个地方旅游吗?"

他突然转变话题,我接下去想说的话不免卡住了。

"不是因为病被治好了,而是因为那个病治好了也有复发的可能。"沈群锋停住脚步,目光一直注视着远方,"如果没有复发的可能了,他也不会那么认真地去安排行程,和妈妈真的拖起行李箱,离家远行,他们现在所走的每一步,都带着担心和不安,所以才那么认真、那么小心翼翼。我很心疼他们,只希望这个病永远不要复发。"

我看着沈群锋走远的背影没有跟上去,有些话不是我不想说,而是不应该说吧!

妈妈原本想吃过午饭再走,但我太想外婆了,只想赶紧回去。离开前,沈群锋送了我一张明信片,是他父母寄来

{第3章}
竹竿上的鸟笼

的,明信片上的字迹刚健有力。

"群群,

为什么人的脚掌要长在身体前方,因为它在告诉我们,无论何时,人生都应该往前看,我们可以驻足、迟疑,但永远不要因为影子的拉扯而辜负了远方的风景。"

我们一路开回了养老院,外婆看到我们回来了,脸上一直挂着笑容。我给她讲述那间民宿,各种各样的木雕、好吃的油炸竹鸡……晚饭时,外婆还多吃了两口饭。我原本想留下来,但妈妈说自己难得放假,要在养老院陪着外婆过夜。我便将那张明信片、那份民宿介绍,还有我的童话故事,留在了外婆的床头。在妈妈送我回家的空隙,外婆可以看看这些解闷。

回到家,洗过澡,我坐在床上,点燃了煤油灯,我想与晴岳聊聊天。但一进灯境,首先看到的是张鑫。

他踩在长廊上,正往一个鸟笼上套鸟罩。而晴岳站在一旁,一只手提着一个空了的鸟架,另一只手拿着装小鹦鹉的鸟笼,小鹦鹉纹丝不动地躺在笼子里——又在装死?

鸟笼罩好了,张鑫跳下长廊,拍了拍手。

"谢谢。"晴岳对张鑫说。

"别客气。"

"抱歉了。"晴岳将那只装有小鹦鹉的笼子递给张鑫。

"就当它还在装死吧!我回去给我爷爷介绍一些强悍的鸟,吓不死的那种。"张鑫对着鸟笼撇了撇嘴,"我走了,不过你也别总待在寺庙啊,这么晚了赶紧回家吧。"

晴岳点点头说:"哦,跟你说个事。"

我心里不免紧张起来，张鑫也回过头看他。

"等你上三年级的时候……"

"三年级？"张鑫挑着一边的眉毛。

"没错，三年级，那个等在灯边哭泣的女生，会很适合你。"

这话怎么传成这样了？我看到张鑫一脸迷糊，连续点了两次头才离开。

"邹晴岳？"张鑫已经走远了。

晴岳夸张地打了个哆嗦，仰起头看我问："你什么时候进来的？"

"你刚才在传话？"

"我，我没有说错吧？不是你说三年级的吗？"

"大学三年级！你这样说话，张鑫会以为是初中三年级！以你的智商，你会搞错？不会是故意的吧！"

晴岳装出一副委屈的样子，往那个已经罩上罩子的鸟笼看："多好的男孩子，让给别人多可惜。"

我有点累，情绪也不是很高，懒得接他的话茬。

"怎么了？你不开心吗？"

我还是不怎么想说话。

"那我来给你提提神吧！"晴岳的特殊安慰法——向我抬起手里的笼架，"你的回忆应该有点偏差吧，林工用来装棕背伯劳的笼子，是鸟架，不是鸟笼。"

好像是这样，我记得外公当时还说过，野生鸟儿应该不习惯待在鸟笼里。"写作而已，没人规定作文必须与现实分毫不差吧。"

"那你知道你捡到的棕背伯劳，不是因为太吵才被送到

第 3 章
竹竿上的鸟笼

大林寺养伤的,而是被罚的吗?"

"为什么它要被罚?"

"你可是没看到,你这只鸟,连大林寺的佛祖都镇不住它,一进来就大开杀戒。"

"就算是鸟架,它的脚不也是被拴着的吗?"我立刻提出异议。

"这不影响啊,那些整日生活在鸟笼里的家养小鸟,一点战斗力都没有,胆子也只有芝麻点大,笼子又不是什么铜墙铁壁,你那只棕背伯劳上来就啄瞎了两只画眉,刚才那只小鹦鹉看到没,这回不是装死,而是真的被吓死了。"

"啊!"

"关键这只棕背伯劳干了坏事还不知悔改,它斗死了别的鸟,还学别的鸟叫,那多才多艺的,我都数不清它能说几种鸟语。一群老头硬要掐死它,大林寺的方丈都出来劝架了,最后勉强达成协议,不准把这只伯劳带回家,就把它立在这儿,等天黑了,让别的野生伯劳来斗死它。要是它能活下来,老头们也认了。"

我倒是了解棕背伯劳会学别的鸟叫,但真不知道这里面有这么多事:"所以你们才给它换了笼子,罩了鸟罩。"

"是啊,我个头太矮够不着,多亏了张鑫帮忙,所以说这么好的男生,干吗让给别人。"

我不免无奈:"我也没说他不好,有时候只是不合适,不代表我们中的谁就不好。"

"明白明白,反正我话也传完了,之后会发生什么,你现在也清楚了不是吗?躲不了的,那是你人生的一段缘分。"

"所以,已经发生的事是没法再弥补了吧!"我的语气还是很颓丧!

"你今天这么沮丧,是因为你外婆儿子的事?"

"别提了,沈群锋对自己被收养的事一清二楚,哎,我也预料到了,他不愿意来见外婆,我就是有些失望,也有点心疼我外婆,不过我写完了童话。"

"这哪跟哪儿?"晴岳提着鸟架往"金龙鱼"包间走去。

"希望外婆能看懂我的童话,我是在安慰她。"

"你写了什么?"

"一个很大的林子,什么鸟都有。"

"题目呢?"

"鸟笼国。"

鸟笼国

这是一个长满了鸟笼的国度,只要你结了婚,生下一个孩子,你就可以去鸟笼中心申请一个适合家人居住的鸟笼。鸟笼里有大小合适的浴缸,里面装满了干净细腻的沙子,还有整洁的厨房,吃饭与喝水的碗都是明确分类的。天太热,鸟笼会自动降温,天太冷,鸟笼外会落下笼罩,起到很好的保温作用。当然还得申请一根能支起鸟笼重量的竹竿。高高的竹竿垂直于地面固定,在枝头装上一个锁扣,然后将弯曲的笼钩挂在锁扣上,风吹过,鸟笼会随着竹竿枝头上下左右地晃动,雏鸟最喜欢这样在空中荡秋千。

一个鸟笼里住一户家庭,如果这户家庭中任何一位成员发生了意外,支撑鸟笼的竹竿,就会从中间断裂,令鸟儿和鸟笼一起砸向地面。

小棕背伯劳的爸爸,在一次狩猎中因为抢食,被其他鸟

{第3章}
竹竿上的鸟笼

儿亲死了。鸟笼的铁门被大风吹开，竹竿瞬间断裂，小伯劳在鸟笼坠落的过程中扑腾了出来。等伯劳妈妈赶回来，管理鸟笼的长官已经收走了损坏的鸟笼，而其他邻居，一只只蹲坐在自家的鸟笼里，关上门，还特意从里面反锁了一道。

伯劳妈妈只好带着小伯劳去收笼所，据说那是一个巨大的鸟笼，里面住着各种各样无家可归前来过夜的鸟儿。鸟笼国的夜晚很可怕，除了竹竿和鸟笼，其他树木、泥土，甚至是天空，都会消失殆尽，只剩下一片黑夜，吞噬一切的黑夜。无家可归的鸟儿如果天黑前不能找到一个收笼所，就会被黑夜吞噬，天亮后，连尸首都找不到。

而整个鸟笼国，最清楚收笼所位置的要属大杜鹃了。小伯劳和妈妈跟着大杜鹃们来到了收笼所。灰色的大杜鹃身上布满了斑点，一双双眼睛都是金黄色的。小伯劳无法读懂它们闪动的眼神，它累了，靠着妈妈沉沉睡去。没多久，它被那细细碎碎、话语中还夹杂着"布谷布谷"的声音吵醒了。它模模糊糊地听到一只大杜鹃在说："你带了个小子，就很难再嫁出去了，布谷布谷，我见多了，等它大了，你也老了，你成了多余的，布谷布谷，不如把这小子给我，我们以大铁笼为家，没有带孩子的压力。"

小伯劳闭着眼睛，身体在黑夜里瑟瑟发抖，伯劳爸爸曾经和它说过，大杜鹃是没有家的鸟，因为它们没有固定的配偶，也不会自己孵卵，总是将布满斑点的蛋下到别的鸟窝中去，它们的这种生活方式，导致鸟笼国何来都不批鸟笼和竹竿给它们。要是妈妈把自己扔给大杜鹃，就等于让它自生自灭了。

"布谷布谷。"这是伯劳妈妈善于模仿别的鸟说话，大杜鹃的叫声它也会。它对大杜鹃说："我不能把我的孩子交给一只居无定所、变来变去的鸟，布谷布谷。"

大杜鹃不满地叫起来，伯劳妈妈搂紧小伯劳，小伯劳没有刚才抖得厉害了。

天一亮，小伯劳就跟着妈妈离开收容所，开始寻找新家。它的翅膀还无比稚嫩，飞行几乎是贴着地面，只能一小段一小段地前行。它自己也不会捕食，只能守在原地，等着妈妈回来喂食。

中午的时候，小伯劳站在树荫下，东张西望，看到一只非常美丽的鸟儿从空中降落。它像花蒲扇般翩然而至，羽毛上有棕色和褐色相间的条形花纹，嘴巴长长的，头上还戴了顶尖尖的帽子。

"你好漂亮！"小伯劳诚心地说道。

"那是当然。"鸟儿用长长的嘴巴翻动地面的枯草，一抬头，那顶尖帽子一下就展开了，金色的羽毛像绽放的光芒，"我是戴胜，顶顶美丽的鸟儿，不过现在我身上痒得很，我要洗个澡去。"

戴胜说完就展开宽圆的翅膀，飞落到不远处的沙坑里，小伯劳也跟了过去。它飞飞跳跳，气喘吁吁地来到沙坑边，看到戴胜尽情地在沙地里打滚、旋转，速度快得像拨浪鼓。小伯劳从没在家以外的地方洗过澡，也踩进了沙坑，学着戴胜在沙地里打滚，但它的皮肉还太娇嫩，户外的沙子里混合着很多碎石，稍一磨擦，浑身火辣辣地疼。

戴胜又飞去草坪，很快就抓到了一只肥肥的虫子，看着不断尾随它的小伯劳，大方地将虫子甩给了它。小伯劳立刻用爪子抓住虫子，将它一块块撕进肚子，真是美味。这时，

{第3章}
竹竿上的鸟笼

伯劳妈妈回来了,她带来了食物,看到又一次展开头冠的戴胜,也惊叹于它的美丽。伯劳妈妈与戴胜交谈了一会儿,达成了协议,戴胜欢迎伯劳母子到它家去住。但伯劳妈妈不放心,提出要先去看看戴胜的家。于是三只鸟儿一起起飞了。

没多久,小伯劳就看到了很多眼熟的竹竿鸟笼,它开心地说道:"妈妈妈妈,我有家了,我们有家了!"

可离那些鸟笼越近,气味就越浓郁,还越来越刺鼻。

当天晚上,收笼所外狂风大作,伯劳妈妈和小伯劳又一次蜷缩在角落。大杜鹃叫个不停:"布谷布谷,戴胜是个臭姑姑。布谷布谷,看着漂亮却从来不收拾,别的鸟都把粪便从窝里衔走,可臭姑姑,布谷布谷,臭姑姑却喜欢和粪便一起睡觉。"

那一个晚上,外面一刻都不安宁,可小伯劳飞了一整天,累得沉沉地睡着了,它的小翅膀已经痛得无法再展开,伯劳妈妈心疼极了。

天又一次亮了,消失的树木、地面重新出现,可是天空乌云密布,始终都阴沉沉的。大杜鹃说昨天刮大风了,芦苇荡那块的鸟笼倒了一大片。

"大杜鹃似乎很担心那片芦苇荡。"小伯劳说。

"因为东方大苇莺住在那儿。"

"东方大苇莺?"

"大杜鹃就是把自己的鸟蛋偷偷下到了它们的窝里,或许……"伯劳妈妈有了些主意,带着快飞不动的小伯劳往芦苇荡赶去。

芦苇荡一片触目惊心,这里的竹竿与芦苇秆一样脆弱,好多倒塌的鸟笼里压着已经死亡的雏鸟。

"妈妈你看。"小伯劳指着一只东方大苇莺，它正往一只比它大了一倍、一看就是大杜鹃孩子的嘴里喂虫子。而这只大杜鹃幼鸟的脚下，踩着一只已经死亡的小东方大苇莺，它看起来那么瘦小，即使不遇到大风，也会死于营养不良吧。伯劳妈妈带着小伯劳停留在芦苇杆上，与笼中的大苇莺不断交流，最后双方都流下了眼泪，为彼此的不幸感到难过。这里不宜久留，伯劳妈妈又带着小伯劳飞走了。

正当它们漫无目的地飞行时，看到空中高高的枝头上，有两只与它们一模一样的伯劳，正发出各种鸟的叫声，伯劳妈妈立刻飞上枝头，而小伯劳飞不到那么高，只能停在低一些的树干上，听着它们的交流。那是一对伯劳夫妻，它们在大风中失去了自己的孩子。

很快，伯劳妈妈就和它们谈好了，请它们收养小伯劳，给它一个温暖的家。而在分别前，伯劳妈妈请求再让它给小伯劳喂一次食物。伯劳妈妈要去找一条最肥美的虫子给小伯劳，可它找了太久，忘了时间，等她终于找到，鸟笼国的黑夜降临了。

"今天给不了就明天给。"伯劳妈妈想着，它一直叼着那条虫子，努力地寻找收笼所，可是它的翅膀被黑夜拽住了，越飞越慢，越飞越低。它觉得自己活不下去了，却并不悲伤，甚至，它内心是欣慰的，想到小伯劳此刻不用再跟着自己受苦，现在应该已经吃饱了美美地睡着了，就忍不住流下开心的眼泪。黑夜里下起了雨，伯劳妈妈再也飞不动了。它开始往下坠，但嘴里始终叼着那条虫子。伯劳妈妈的翅膀已经停止了摆动，巨大的力量把它往下吸，黑夜缠住了它，直到将她砸在一块并不坚硬的平地上，原来黑夜的底是温暖

{第3章}
竹竿上的鸟笼

的，并没有想象中的那么可怕。可伯劳妈妈突然听到翅膀扇动的声音，那是它从没听过的一种声响，身下的那块平地有了起伏，它才意识到自己落到了一只巨大的黑鹰肩头，黑鹰载着它向高空飞去，黑夜拿黑鹰没有办法，怎么都抓不住它强有力的翅膀。黑鹰向着高空飞去，带着伯劳妈妈来到了一个巨大的鸟笼前。

伯劳妈妈进了黑鹰的笼子，她看到一只很虚弱的小鹰，像是失去了妈妈。它羽毛都还没长全，但身体比伯劳妈妈大了好多倍，它冲伯劳妈妈张着嘴尖叫，满是敌意。伯劳妈妈有些害怕，但想到小鹰不过是个孩子，就鼓足勇气，一步步走上前，将那条——它生命中抓到的最大的虫子，一下喂到了小鹰的嘴里。

鸟笼国的黑夜还是那么可怕，可支起黑鹰家鸟笼的竹竿，是那么的粗壮，似乎有股神奇的力量在保护它，让它永远不会断裂，永远不会……

我是被手机铃声叫出的幻境，妈妈来电，她说回去就看到外婆在偷偷抹眼泪，说是读了我写的文章，我也忍不住伤感，但马上又听到妈妈尖锐的声音。

"林友，你这个书呆子！遇到事情就只会在那里写写写！这顶个屁用呢！你就不能早点和我说！"

我顿时蒙了，明明是她说，不关她的事。

等到第二天早上，我居然在养老院看到了沈群锋，他的脸上满是疲惫和惭愧，尤其在见到我妈妈后，那份惭愧甚至变成了害怕。我妈的脸色，比任何时候都要臭。我等在房间外，妈妈陪着外婆一同在房里，没多久，沈群锋从房间出来了,他看到我,有些如释重负地放下了肩膀。

"你被我妈骂了?"

沈群锋苦笑道:"那些骂人的话,我长这么大都没听过。"

"她总在工地工作,别放心上。"

"但我记住了一句,大姐说,影子永远不会成为别人的累赘,但连影子都没有的人,是多么可怜的人。那笔钱你处理吧,我不配!"

我简直太佩服我妈了,下午回到家,就迫不及待地想去告诉晴岳。可我一进灯境,视野就变得格外开阔,我作为一盏灯,居然可以看到大片连绵的群山,而且是在非常高的视角。

"什么灯会挂这么高?"我甚至都开始恐高了,还有些头晕。

"林友!林友!"

晴岳的呼唤声在山谷回荡。

"你在哪儿?我又在哪儿?"

"你是太阳!"

"什么?"

"你是太阳!哈哈哈!我在棕背伯劳的肩上,它才是你五年级故事的主角,这全是它看到的景!"

这简直太吓人了,我的视野里有太多鸟了,根本分不清哪只才是棕背伯劳:"你怎么会爬到一只鸟的肩膀上?"

"我一碰那鸟笼!就直接进去了,我与棕背伯劳商量好了,它带我出来兜风,哇哦!"

"你下来!我想见你!"我大喊道。

"下不来!我没有降落伞!"

{第3章}
竹竿上的鸟笼

我不明白，我们为什么要用吼的方式说话，大概是被环境影响了。

"林友，我们四年级见吧！我很高兴能进入你的作文！真的！"

"那你要帮我！"

"帮什么？"

"拿走我的数学练习册！"

"为什么？"

"因为我现在好喜欢我妈！"

"你疯啦！之前你不是说小时候和你妈妈关系不好吗？"

"我记得这件事！我的数学练习册丢了！就是被你拿的！"

"你欠揍吗？"

"后来我妈在家多留了两天时间！帮我把练习册抄出来的！"

"行，不过到时候你得当我的眼睛。"

晴岳的回答不免让我担心："眼睛？你不会被啄瞎了吧！"

晴岳大笑起来，"你四年级，我高三，那段时间我在家，我一直疑神疑鬼，总觉得还有一个我存在！说不定四年级的我可以回家了。你说，高三的我遇见四年级的自己，会怎么样？会不会疯？"

"我不会让你疯的，我保证！"

"雨岳，雨岳。"

邹雨岳一整天的班都上得很精神，抬起头，嘴角还带着笑。同事有些意外，但也露出了笑脸："能帮我个忙吗？"

"你说吧。"雨岳好脾气地看着同事芳芳。

"明天早上我要晚来一会儿,家里又有老人生病了,我家那口子也不管事。"

"你请假了吗?"

"请了,不过我堂妹明天要给我送门票,你帮我拿一下呗。"

"什么票啊?"

"音乐剧的票,女主角叫王蒙莎,好像在舞台剧圈子里还蛮有名气的,而且居然是咱们周全镇出来的,这才把音乐剧的首秀放在咱们市。"

雨岳想到了笔记本里的那两张票,问:"不会是《第一次告白》吧?"

"你知道啊?"

"我也有那个票,你堂妹单位发的吗?"

"不是,说是女主角送的。"

雨岳瞪圆了眼睛:"她和王蒙莎是朋友?"

同事煞有介事地摇了摇头:"说是仇人!"

第 4 章

"自废功力"
的运动会

DIANDENG
XUNJING

雨岳与金源漫步在周正村的道路上,吃过晚饭,能这样自在地走走路,真是非常惬意。

"今年的祈福宴还是爸爸接吗?"

"他接,我来做。"金源已经毫不怯场了。

"你是从小就想当厨子吧!"

金源傻乐起来:"不有那句老话嘛,龙生龙,凤生凤,老鼠的儿子会打洞。"

雨岳打了金源一下,说:"我觉得当厨子挺好。"

"也就我妈觉得不好吧,她还总盼着金家能出个老师。"

"真的假的?"

"真的呀,要不我那时候追你追得那么起劲,自己当不了老师,就想追个老师的女儿,啊!"

雨岳用力掐了金源的手臂:"我就应该再多拒绝你几次。"

"你放心,我这人抗压性特别强,你说拒绝的时候,我只当没听见。"

"这不是抗压性,你是脸皮厚。"

"脸皮不厚怎么追到你啊？你都跟我相亲了，一转眼我又看到你和别人在相亲，啊！"金源又被掐得叫唤起来，"顿时激起了我的紧迫感，心想这块好肉要是不赶紧夹走，马上就要被别人抢走了。"

"说的我像块红烧肉一样。"

"所以才说，人是要有竞争的，就像吃饭的时候，要有人抢才吃得香，要不都不知道自己有多饿。"

"听起来我成了战利品。"

"可其他相亲的人，我见了多少次都不急，还觉得，我不能耽搁她们。"

雨岳偷笑道："说得自己有多受欢迎一样。"

两人不知不觉，来到了通往大林寺的石阶前。

"进去逛逛吗？"在周正村，逛寺庙也是村民晚上"压马路"的常规路线。

"不去了吧。"雨岳停住脚，自从看了林友的文章，她似乎越来越害怕进大林寺，因为她知道自己一旦进去，就会忍不住核实，那片竹林、那间"金龙鱼"包间，她还没确定自己看到那些场景应该做出什么反应。"我弟弟以前很喜欢来这儿。"

金源默默地看向雨岳，脸上浮出难得一见的严肃。

"真可惜，他都没见过你。"雨岳说。

"但我见过他的照片，看着挺机灵。"

雨岳轻叹了口气："不去了，今天就到这儿吧，咱回去吧。"

金源不勉强她，拉着雨岳的手往回走，继续说着他带有饭香味的笑话。

(四)"自废功力"的运动会

  作文题目不能乱取！否则写作不跑题，反而成了一种诅咒！我已经有了那么多次进入灯境的经验，可阴沟里翻船！画蛇添足！多此一举！都无法形容我对回到四年级那段时光的懊恼之情。

  由于进入五年级时光的机会在2011年年初就用掉了，我总想着2012年别太着急见面，我得选个最合适的时机进入灯境。可中间隔了太长时间，我的想法就翻出了花，我反思前几次进入灯境的情况，尤其是万祎对着灯哭泣的那段，我的意识居然进入了那时自己的身体——是不是我让文中的另一个主人公对着煤油灯朗读我的作文，我就能够以人的身份出现在灯境里？而不再仅仅是作为旁观的灯光出现。

  有了这个想法，我就付诸行动了，为了避免煤油灯直接把朗读的人带进灯境，我只是让万祎录了一段音。万祎自然觉得奇怪，我也对自己不打一声招呼就把她写进作文感到很不好意思，但为了更好地与晴岳见面，我也只好厚着脸皮豁出去了。

  我一直等到2012年7月，自己本科毕业，外婆则在2011年初见过沈群锋不久后，安详地离开了人世。所以我不准备回周正村了，手头也已经有了工作的机会，但还在考虑中。离开学校后，我租了套房子，预估着日记中那段四年级时间长短，我留足了两天半的时间，心想这次可以不慌不忙地与晴岳见面了。

  我坐在书桌前，点燃煤油灯，播放了万祎的那段录音。

"四年级，'自废功力'的运动会

　　那一年的运动会，举办了隆重的开幕式，所有乡村小学都组合成方阵，排着整齐的队伍，在周全镇街上游行。我们这些要参加比赛的学生，不仅要走方阵，前一天还在努力训练，准备比赛项目，真是非常辛苦。

　　但比赛并没有想象中成功，老师拼命给我们训练，却忘了教我们比赛规则，这个问题尤其出现在我参加的200米短跑的比赛上。预赛时，我记得谁说过要抢跑道的事，所以我开场就抢了。结果很惨，除了一道选手，其他选手都犯规了，我们被老师罚站，站在跑道外看其他选手比赛，我注意到一个跑得飞快的女生，她叫'万一'，她在200米短跑预赛中表现出了绝对的优势，可她还参加了800米比赛！800米决赛就在200米决赛前一项，仅两名选手参加。她得了第二，而她真正擅长的200米短跑却只得了倒数第二，这个结果真是太可惜了。

　　老师说这样的报法等于是在'自废功力'，报项目的时候，最好明确自己擅长什么。而我，为了不'自废功力'，也不浪费犯了规还被选进200米决赛的机会，努力冲进了前三，还参加了最后的颁奖典礼，拿到了奖状。"

　　录音放完了，安静的房间，逐渐变得吵闹起来，都是孩童的声音。我顺利地进入了灯境！没预估错的话，我应该会出现在周正村小学的四年级课堂上！

　　"参加比赛的同学，绕着周正村跑3圈……"

　　我欣喜地看着熟悉的课堂，交代这番话的是我们的班主任，那个时候，我们已经没有专门的体育老师了。而四年

{第 4 章}
"自废功力"的运动会

级,是当时周正村小学最高的年级。五年级和六年级都已经搬去了中心小学,此时的中心小学为了迎接更多的学生,对学校进行了扩建。这次的运动会在中心小学举办,有隆重的开幕式,也是为了庆祝中心学校扩建完工。

"那就跑6圈回来。"

不愧是语文老师教的体育,难怪我比赛前连规则都没弄明白!

"剩余的学生到操场练习正步走。"

反正教室里的哀号声没有断过,我坐在教室的最后排,嘴里也跟着发出叫声,心里却很得意,以为我的意识成功进入小学四年级自己的身体。我突然感觉到自己的胳膊被一下接一下地砸中,扭头一看,是一个跷着二郎腿、头发油成一绺一绺的男生,他捏了半抽屉的小纸团,正一个接一个地向我砸来。

"我的书,我的书!"他做着夸张的嘴型。

书?什么书?我还在努力回忆,一个纸团直接砸到了我脸上。我"嗖"的一下起身,拿起桌上的语文书向男生砸了过去。

我压根控制不住我自己!

"猪油渣!你有病吧!"四年级的我直接骂了起来。

"干什么呢!朱健,我说下课了吗?"班主任一拍桌子,居然还帮着我说话。

"老师,林友借了我的书不还!"大名叫朱健,外号叫"猪油渣"的男生愤愤地说道。

"我没有不还!我不小心把书丢了!但我已经还了他一本我的书。"我理直气壮得有些过分。

"我不要她的书，我就要我的书！"朱健依旧不肯罢休。

"行了吧朱健，你还有时间看闲书吗？不瞧瞧自己期中考试考了几分，林友能上黑板，你能吗？好了，都到操场去！该跑步的跑步，该练方阵的练方阵，明天别丢脸。"

这下所有学生都站了起来，居然没有人去安慰朱健，反倒有女生过来挽着我的手说："走吧林友，别理他。"

我一转身看到黑板报上的光荣榜，我的名字出现在第二位，而第一位叫张可霖，就是此刻挽着我手臂、头上有两个"犄角"的女生，她也是此时的班长。

我努力回忆四年级的这段小插曲。我确实向朱健借过一本书，一本关于中华民族传统美德的插画书。但什么时候丢的我也说不清了，反正那时的我马虎大意，好像都没看就找不到了，当时我还特心痛地挑了一本我很喜欢的书还给他，可这家伙就是不依不饶。不过此刻更让我头大的，是自己身体不受控的状况！就像是当初大二的我没法让四年级的我跑200米时不抢跑道一样，我只是意识出现在了自己的身体里，却无法控制当时自己的行为，而且我也没法与晴岳联系。既然是这样，我觉得不如回到光源里，移动也更方便。我立刻让自己出了灯境，重新拿起作文本，对着煤油灯自己朗读了一遍。

再次出现在灯境里，我，依旧是我！不是灯光！

我们参加运动会的人正排着队，往校门外走，我与张可霖左右挨着。

"林友，今天肯定放学早，要不要去我家玩？"

张可霖是当时我们班最受欢迎的女生，她不仅个头长得高，我得微微仰头看她，还特别漂亮，当别的四年级女生还

{第4章}
"自废功力"的运动会

一脸孩童气时,她脸上已经有了年轻女人的轮廓,恬淡又温和,让人讨厌不起来。

"好啊。"我发现我可以说话了,但试着抬手、扭头,还是没什么用。我不死心,又一次出了灯境,对着煤油灯快速地再念了一遍作文。

这一回,我感觉到了迎面吹来的风。变回灯光的想法彻底成了奢望!

我们已经绕着周正村奔跑起来了。我试着抬胳膊,没用。小声喊了晴岳的名字,能出声,但没有用,晴岳不在这里,他没法回答我。

"他叫邹晴岳……是个天才。"张可霖突然放缓了跑步节奏,在我耳边小声说道。

我猛地被唤醒,决定不再折腾,问:"你刚才说什么?"

"你不是问我喜欢的人是谁吗?"

我们好好跑着步,怎么突然说起这个?

张可霖脸上带着羞涩,我的身体非常起劲地跟上她:"他,怎么个天才法?"

"他和我们同年……但现在已经读高三了……不过他现在正在休病假……一直来我家门口钓鱼……我还向他请教过数学题呢,他超级聪明。"张可霖显得很骄傲。

我紧跟在她身边,张可霖说的邹晴岳应该是1999年的晴岳吧,他本人在家,钓鱼也确实符合他的风格。"我能见一见他吗?"

"那等会儿放了学,你去我家玩吧,我介绍你们认识。"

这话听着怎么那么别扭呢。

"好呀,看看你男朋友长什么样。"

"别这么说。"张可霖红着脸,加快速度跑起来,我压根追不上,而一股怪异的肉味此刻飘进了我的鼻子。

"放了学,我要去你家搜!"

朱健又出现了,我想起来为什么他有"猪油渣"这个绰号,他浑身总是散发出一股难闻的肉味,头发又油腻腻的。

"你说你找不到了,那我就自己去找。"

"你烦不烦呀,我不是已经还了你一本书了嘛!"我心里突然有些烦躁,看来我的脾气没比小时候好到哪去,凶完他,我又立刻迈开腿,努力跟上了张可霖。

我们一丝不苟地绕着周正村跑了6圈,就算我控制不了自己的身体,也听得到自己沉重的喘气声。跑完后,运动会上还能有什么体能?而且随后,立刻加入方阵,又练了近一个小时。训练完,班主任说提前放学。我犹豫要不要跟着张可霖去看晴岳钓鱼,我这小小的身板,说不定会累垮吧。

"去嘛去嘛,我让你梳我的头发。"

我上了大学才开始留长发,只因为我妈一直认为太关注外表会影响成绩不许我留长发,一直都是假小子短发的我无比羡慕长发女生,自己没有就会去梳别人的长发,"那就去吧。"我回答道。

我这身体不受我现在的意识控制,随身而动,不嫌累地跟着张可霖往她家去了。一路上我们有说有笑,意外发现张可霖是个很早熟的女孩,即使现在22岁的我,也对她的一些观点表示佩服。

"我长大后要去警察局工作。"

"你要去抓坏人啊?"我想现在的我与9岁的我,问的应该是同样的问题。

{第4章}
"自废功力"的运动会

"我有个亲戚,在警局当官,他们的福利可好了,我要是长大后也能当警察,就不用像我爸妈一样,整日在工厂工作,能轻松不少。"

"是吗?可我觉得当警察要和坏人打架,对了对了,我最不想当演员了。"这是我小时候最坚定的一个想法,"那些枪战片,不是会打死人吗?我一直以为是真死,心想演员演一回就得死,这多吓人呐。"

"林友,你也太可爱了吧。"

是啊,现在的我也没比小时候机灵多少。

"林友,林友,就是他。"

张可霖突然紧张起来,指着前方蹬着自行车过来的男生,车篓里还放着一个水桶。还真是晴岳,他穿着粉色的T恤,外面套着一件白色的外套,很常见的小男生打扮。他蹬着自行车经过时,看到张可霖还打了个招呼:"放学啦。"

"你要走了吗?"张可霖不由自主地站直,整个人都往上提,个头显得更高了。

"今天钓到鱼了,拜拜。"

我看着晴岳熟络地与张可霖打招呼,目光根本没往我身上移一下,而我当时的目光主要也只停留在张可霖的害羞表情上,这也是我以前对晴岳完全没有印象的缘故吧。

"林友,如果一个男生也喜欢你,他就会主动和你说话。"张可霖完全沉浸在自己的激动里。

我眯起了眼睛,这丫头真的很早熟!

"我看的杂志上是这么说的。"

"那猪油渣还一天到晚和我说话呢。"说完我就感觉不妙了。

"说不定哦。"

我何必反将自己一军,而且经张可霖这么一提醒,我又想起了一些事情,反正我越来越想回家了,但身体还是跟着张可霖往前进。

张可霖非常爱学习,我去她家玩,通常就是看着她做作业,她让我见识到了什么叫极度的自觉性,这让22岁的我都感到很羞愧。她居然能将原本写好的作业,反复擦掉两次重写,只为能让字看起来更漂亮一些。每当我说要走,张可霖会提议让我给她梳头发。我真的很想告诉我妈,学习分不分心与头发无关!只要张可霖一说让我梳她的头发,我这两只脚就不动了,等我终于梳好她的头发,天已经黑了。

我迫不及待地往家赶,尤其想到外婆正在家等我吃晚饭,就开心得不得了,这或许是这次"自废功力"唯一让人欣慰的地方吧。可是一回家,却看到脸色阴沉的妈妈像门神一样坐在家门口,我还以为她一直和外公驻扎在工地。

我现在与妈妈的关系已经没有那么僵了,但原本兴高采烈地回到家,看到脸色铁青的妈妈,仍是感到迎面泼来了一盆冰水。

"你拿你同学的书了?"

我浑身一哆嗦,看到外婆从屋里小跑出来,她还是我最熟悉的样子,紧张时脸上会有一丝抱歉的神情,我立刻有了想哭的冲动。

"哭没用!"

妈妈一凶,我直接被吓出了眼泪。

"答应别人的事怎么能耍赖呢,你同学都到家里来找了,你说说,这影响好吗?"

{第4章}
"自废功力"的运动会

"我已经还了一本书给他了。"我哭着说道。

"人家不要,你看看!都还回来了。"妈妈用力敲了敲手里的书,正是我还给朱健的那本。

"那我就是找不到了!"老实说,事情到这个地步,我再找出来还回去,更丢人吧。

"是啊是啊,找不到就算了,我看那男孩子也是死脑筋。"

"妈,林友这样会被你惯坏的。"外婆一帮忙,妈妈立刻反驳道,"今天不用吃晚饭了,到门口站着,想想那本书到底丢哪了!想好了再进来。"

我哭得更大声了,我妈做事也太强硬了,外婆怎么劝都没用。妈妈直接把我推出了院子,关上门。我哭个不停,感觉自己委屈死了,我也没法安慰自己,只能等自己哭完。最后哭累了,直接背着书包坐在地上。我在教室里凶得像条龙,见了我妈就是一条虫,这个反差真让人哭笑不得。

"嘿,嘿!"

我听到了轻微的声响,可我没法扭头。

"林友?"

是晴岳的声音,但我还是在低着头哭:"晴岳?你是认识我的晴岳吗?"

"真是你啊,你变成自己了?"

我听到晴岳跑过来的动静,扬起头,但只是泪眼婆娑地看着前方。"我'自废功力'了!"我一边哭一边费劲地把进灯前的打算说了一遍,"我现在只能说话,身体根本不受我的控制。"

晴岳来到我的视线范围内,"没事没事,你怎么哭了?"

"我把我同学的插画书弄丢了,不过,我刚刚想起来,它就在我书包里。"

晴岳不解地看着我，我还是不停地抽泣着。

"我没好好找，以为丢了，但运动会结束前，我一翻书包，它就在里面。"

"那你之后还给他不就行了？"

"我没还……"我抹了一把眼泪，很多记忆都冒了出来，心里更多出些不甘，"为什么喜欢你的人那么优秀，喜欢我的人却是块猪油？"

"你在说什么啊？"

"'猪油渣'也叫朱健，是我们班的一个男生，他当时在借给我的那本书里夹了封情书，他那么急着要回去，估计是写了就不好意思了。我是运动会结束前才发现的，可那情书也没指名道姓啊，你说他急什么！"

"我好像在哪见过。"

"怎么可能，是夹在那本插画书里的，你有见过那本书？"

"那倒没有。"晴岳半蹲在地上，"你们四年级的生活还挺丰富的，不过你该瞧瞧自己现在的表情，没法再丰富了。"

"你可别得意。"我不断吸着鼻涕："张可霖一路暗恋了很多人，你只是其中之一。"

"你在说谁啊？"

我肿着眼睛，鼻涕实在太多了，直接擦在了裤腿上，这也太丢人了，不过，一包纸巾出现在了我的眼前。

"你说我现在帮你擦能有用吗？"

我更用力地吸起了鼻子，"你还是好好放着吧，别因多此一举，又在灯境里翻出什么花。"

晴岳收起了纸巾："张可霖是谁？"

{ 第 4 章 }
"自废功力"的运动会

"你不认识吗?你总在她家门口钓鱼,她还请教过你数学题。"

晴岳歪着头想了好一会儿:"好像是有一个女生吧。"

"她暗恋你!"我这会儿又把头压在了膝盖上,"你是不是也喜欢这种高个子长头发的女生,要不要我穿针引线,帮你们认识一下?"

"你省省吧!"晴岳很干脆地拒绝了,"说正事,我今天下午回家了一趟。"

"你能回家了?"这倒是意外之喜。

"你的那位主角,应该在我家补过课,而且这回我口袋里装着钥匙。"

一把钥匙出现在了我的视线里。

"我爸我姐当时都不在家。"

"你也不在家吧,我今天下午都遇见你了,你刚钓完鱼。"

"难怪了,我差点被我自己发现。"

"你被自己撞上了?"

"我听到有人回来,就往二楼跑。可二楼只有一些走廊,我也没法躲进房间。高三的我当时正往鱼池里倒鱼,我扒着栏杆往楼下看,结果我的倒影出现在了水池里。"

"你这是要吓死自己吗?"我又痛哭起来。

"我终于明白为什么当时我那么疑神疑鬼了,高三的我立刻跑去楼上找。"

"你胆子也挺大,换我都不敢上楼了。"

"我就只好往空白里躲,然后顺着空白跑走了。"晴岳听起来有些失望。

"你还想回家?"

"你觉得我之后三年还会有机会吗？"晴岳努力让自己出现在我的视线里。

"那还是这次想想办法吧，不过我可一点忙都帮不上。"

"那我问你，我是什么时候去拿你练习册的？"

晴岳这么一说反倒提醒了我。"就我妈那个态度，我都不希望你拿了。"

"你哭得这么凶，又是因为你妈妈吗？"晴岳一副幸灾乐祸的样子。

"她的教育方式太简单粗暴了，一见我借书不还，就不让我吃晚饭，教育孩子能这样吗？"我一边哭一边说道理，看到晴岳一直在笑，我有点生气，"不过你还是去拿吧，就当惩罚她，罚她帮我把练习册抄出来！"

"可高三的我当时也去看运动会了！"这才是晴岳要说的重点。

"你是想把时间错开？不和自己遇上？"

"这很有必要吧。"

我仔细回忆了一下："我记得你是运动会的第二天下午去拿的练习册，当时运动会基本结束了。"

"运动会举办了两天？"

"对，明天上午有开幕式，后天下午还有颁奖典礼。"

"这我记得，我去看了颁奖，还遇到一傻瓜。"晴岳微皱起眉头。

"傻瓜？"

"哎，不提了，也没什么影响。"

晴岳刚说完，我听到院子里有人来了，便直起了腰板说："那你就第一天来拿吧，这样就不会遇上了！"

{第 4 章}
"自废功力"的运动会

"估计难,依照没法改变过去行动的惯例,说不定明天我会被什么事拖住。"

脚步声越来越近了。

"那怎么办?"

"我会当心的,你放心吧!我先走了。对了,你今天去过大林寺吗?我能住在那儿吗?"

"能,我跑了6圈看了6遍。"

"行,我走了。"

晴岳说着就小跑进了一旁的林子,家中的院门也同时打开了。出来的是外婆,手里端着一只大碗,踮着脚跑到我身边:"林友,饿坏了吧,赶紧吃,你妈妈洗澡去了,我还给你夹了个大鸡腿。"

外婆和我说话永远像在逗小孩,我泪眼婆婆地看着她,真的太久不见了,她的每条皱纹我都那么熟悉,能回来看到她真是太好了。

"你啊,别和你妈妈硬碰硬,她不还训我嘛,说把你惯坏了,可我一点都不生气,你是个乖孩子,乖孩子是惯不坏的,你说对不对?"

我只是看着外婆,眼泪像断了线的珠串,流个不停。

那天晚上,雨岳做了个梦。梦见自己放学回家,家里一个人都没有,爸爸还没下班,可晴岳应该在家。雨岳就从楼下一直喊到了楼上,进了晴岳的卧室,看到书桌上的书还翻开着,可就是找不到他的人。

"晴岳?晴岳?"

雨岳不记得自己喊了多久,在楼上找了多久。确定他不在屋里,便只能下楼,可一下楼,就听到身后传来声音——

"姐。"

雨岳回过头,看到晴岳就站在书房门口,手里还拿着一本数学练习册。

"奇怪,你刚才一直在房间里吗?我怎么没看到你?"

晴岳也不说话,只是微笑看着她。他翻开手里的数学练习册,里面夹着一张纸片。

"那是朱健写给林友的情书吗?"

晴岳还是在笑。

"奇怪了,林友不是说情书上没有指名道姓吗?这份情书有写上名字啊!而且为什么在练习册里?不应该在那本插画里吗?奇怪……"

"我为什么一直要说奇怪?"清晨开车去上班的雨岳,一路上都在不停地懊恼,"晴岳难得出现在我梦里,也不说话。"

快到银行了,雨岳远远地看到有个穿裙子的女生站在银行门口,还没到开门时间,她看起来是在等人,还正拿着手机拨号。雨岳手机响了,一看是陌生号码,那位等在门口的女士估计就是同事的堂妹。

"你好,请稍微等一下。"雨岳按下车窗,挥着手里的手机,她要先把车停进银行门口那一小块空地。

女生笑着点头,往后退了两步,给车子让道。雨岳停车时多看了眼后视镜,看到镜中的女生又挪了两步,身体趔趄、步伐不稳,可银行门口并没有不平整的地方。

"不好意思,我以为你要开了门才来。"雨岳小跑过去。

"没关系,我本来也要来银行办事,打电话只是想先告诉

{第4章}
"自废功力"的运动会

你一声,不用着急。"

听她这么说,雨岳立刻邀请她进会客室坐坐。离银行开门还有半小时。此时,雨岳更加确定对方的左腿有问题,以至于走起路来上下起伏。进了会客室,雨岳给她倒了杯茶。对方拿出音乐会的门票,开心地说道:"姐姐愿意去真是太好了,也能给莎莎捧场。"

雨岳一瞧票,是第三排,和自己的一样是 VIP 票:"你不去吗?这么好的位置,又是五一节假日。"

"我要回学校了,有个竞赛要准备,我还在读研,硕士。"女生喝了口茶,或许是腿的问题,不常在户外运动,她的皮肤非常白净,人也很纤瘦,但并不让人觉得病态,可能是精神状态好的缘故。

"你和王蒙莎是……"

"她是我一个村的姐姐。"

雨岳笑着摇头:"芳芳就是爱胡说,还说你和王蒙莎是仇人呢。"

女生低头笑了:"要说是仇人也算吧,我这腿和她有点关系。"

"你的腿?"

"小学时左腿被卷进了摩托车,直接被拧断了。其实这事不怪莎莎,是我妈妈那天突然早下班,心血来潮要接我回家,我平时都是和莎莎一起走回家的,离着也不远。可是我妈一片好心,硬要载我,又不能丢下莎莎,只好超载。结果一开出校门,就出了事故。要说我这腿啊,不怪莎莎,怪我妈。"

原来是这样。"但你现在能读硕士,真是不容易。"雨岳很真诚地说道。

"我刚恢复的那段日子,心情也很不好,我以前是个爱玩爱闹的人,脚受伤后,一下子整个人都蔫了。我记得那年学校举办运动会,特别热闹,还有开幕仪式,办得特别隆重,我方阵没法走,运动会就更不能参加了,我直接找了个地方躲起来。我那段时间老躲在大林寺,就是大雄宝殿进门的那个大鼓下面。我就爱把自己藏在那里,也不知道在想些什么,没有很强烈的不高兴、不开心,就是整个人呆呆的,有点魂不守舍。有一次我还捡到了一本书……"

"书?"

"听我说这些,会不会影响你工作?"

雨岳立刻摇摇头:"还有时间呢,能问一下是什么书吗?"

"是本插画,讲的是古时候一些名人的成长片段,我觉得挺好看的,插画也很质朴,我一连看了好几遍。那几天,我都待在大鼓下看书,时间差不多了,我就带着书回家。其实我一直知道那本书是有人丢失的,可就是产生了一点私心,希望它能多留在我身边一会儿,直到我知道了它的主人是谁。"

"是林友吗?"雨岳小心翼翼地问道。

女孩瞪大了眼睛,问:"你知道?"

"刚好我以前听我朋友提起过,她丢了一本这样的书,就想会不会那么巧。"

女孩认真地回忆着:"我在那本书里看到了一张纸条,那是一封情书,朱健写给林友的。我想那本书不是朱健的就是林友的吧。后来有人带走了这本书。"

"是朱健?"

"不是,是周青越。"

{第4章}
"自废功力"的运动会

　　雨岳倒吸了口气。
　　"学校举办运动会的那天,我待在大林寺的大鼓下看书,可能是没藏好,被他发现了,他还没看见我,就喊'是林友吗?'弯下腰一看,才知道喊错了,可他目不转睛地盯着我手里的书。我就明白了,他知道书的主人是谁。我递给他书时问他是不是朱健,那张纸条就掉了出来,他捡起来看了一下,有些脸红。他说他并不是朱健,而叫周青越,林友是他的同学,他会把那本书还给她的。"
　　原来不光是拿书,还顺带还书了。雨岳这么想着。
　　"我之后一直在找同样的插画书,可一直没有找到。配图都是那种用毛笔勾勒出的线条,配色也很淡雅,里面都是一些耳熟能详的故事,但给了我很大鼓励。我也要谢谢周青越。当时,他问我为什么要躲在大鼓下,不去学校参加运动会。我就很沮丧地指了指自己的腿,他了解了情况,就像一个哥哥一样安慰我。他说既然没法在运动会的跑道上跑了,那就另外再找一条自己的'跑道'。老实说,我一开始没听懂。他就问我,腿坏了,连书都不想读了吗?这我倒没想过,只是对去学校有点提不起劲。我以前跑步很快,现在连走路都很慢,这让我觉得很丢脸。可周青越说,在学校里想要被其他同学瞧得起,最简单的方法就是把书读好,读书可用不到腿,而且我腿坏了,会有更多的时间去读书,这是别人都没有的优势。其实我腿没坏前,成绩就算是普通吧,但当我真的把所有时间都放到学习上,我上的高中、大学包括现在读的研究生,都是提前保送的。同学都在背后议论我,说怎么变得那么聪明,我哪里是聪明,只是比别人花了更多的时间而已。"女孩对此自豪又兴奋，两个脸颊都映出了红晕。

雨岳心里佩服："看到你过得这么好，真令人高兴。"

"周青越花了好长时间开导我，可我回到家后才想起来，我都没有问一问他为什么会待在大林寺，他不是也应该参加学校的运动会吗？人一旦陷入困境，满脑子想的都是自己，都没去关注一下帮自己的人。"女生有些惭愧。

雨岳又往她的茶杯里加了些热水，说："我想能开导你的人，他一定想得更明白吧，不用太放在心上。"

女孩听后，露出了释怀的笑脸。

银行开始营业后，雨岳帮女孩处理完了业务，看着她离开的背影，不由得想起朱健写的那封指名带姓的情书，它就夹在练习册里。可林友后来在画册里看到的那封情书，没有写名字，那干这件事的人，怕是只有晴岳了吧！

周六一整天，我都没有看到晴岳，看来既定的事情真的没法改变，他应该是被什么事情拖住了。比赛结束后，我拖着疲惫的身体回家，看到外婆和妈妈在一起准备晚饭。我妈白天去看了我的比赛，我除了报名参加200米跑步，还报了400米跑步，这完全是因为张可霖也报了，我作为跟屁虫也参加了。但我对400米没什么概念，开场跑太慢，等最后冲刺，发现来不及了。

"你还有力气？"妈妈难以置信地说道。

"挡在我面前的人太多了，我有力气，就是挤不到前面去。"22岁的我如实汇报当时的情况，也忍不住为自己感到可惜。

{第 4 章}
"自废功力"的运动会

外婆听了开怀大笑:"看来我们家林友有很大的潜力。"

"潜力不挖等于没有,人家张可霖,400米第一,学习成绩也是第一,老师连她父母都没见过,就特别看好这孩子,说她别提有多自觉了。可咱家林友呢,过得太悠哉,没有一点打算,以后到社会上是会吃亏的。"

"吃亏不还有你们嘛,小孩子也不可能一下就长大,得慢慢来,一步一步来。"

外婆的话永远那么贴心,但我现在反思妈妈的话,虽然不中听,却很有道理。张可霖十分早熟,很早就有了目标。我都没好好思考过自己的未来,我或许能通过小聪明做成些事,但心中始终没有一个想要认真严肃对待的目标。

晚饭过后,我早早就休息了。晴岳也不可能大半夜翻墙进我家,我便出了灯境。一整天我都预备着晴岳出现,出了灯境,已经饿得前胸贴后背,便准备出去吃点热乎的东西。

我租住的小区,住的基本都是和我差不多年纪的年轻人。这样的地方,聚集着很多小餐馆,我长时间地坐在一间餐馆里,占据一个角落,看着来来往往的客人,顿觉读书时的雄心壮志,一毕业就淹没在了人海里,我与其他找工作的人并无二致,如此平凡,还一头雾水。

但我已经比其他人幸运,我手里有一笔遗产,即使我不立刻工作,也能支持我无忧无虑地生活一阵子,而妈妈还好心地给我联系了一份工作,她说既然我那么喜欢写作,那就进大公司的宣传部,替企业写宣传稿,她完全不相信纯写作能养活一个人。我拿不定主意,只知道我虽然喜欢写作,却也写不出我不喜欢的内容。所以像宣传稿这样的内容,我真不知道是否能胜任。

我拿不定主意,也有些焦虑,但并不悲观,这一点是一个从小不爱打算的孩子最大的优点吧。我心里一直想找晴岳聊聊,但现在的情况,连碰面都难,实在有些头疼。

　　第二天的运动会,我们又早早地坐在了指定的位置。我一直和张可霖有说有笑,心里却在关注晴岳何时会出现。朱健又阴阳怪气地在我身边闪来闪去,他今天换了件黑色的新衣服,头发也洗了一下,整个人清爽了很多。22岁的我会觉得小时候的喜欢很稚气,但四年级的我,却认为被不喜欢的人喜欢,是件令人恼火的事。朱健越在我面前晃悠,我的目光就躲得越快。

　　中途,我去了趟厕所,一路上也没遇到晴岳,不过一回班级的位置,张可霖就激动地和我说,她见到邹晴岳了,我问她在哪儿,张可霖兴奋地指给我看,我仅看到一个背影,穿着戴帽子的黑衣服,但那应该是朱健吧。此时广播让参加200米短跑预赛的学生去检录处检录。张可霖用力拍我的肩膀,给我打气:"林友!检录!检录!"

　　我也没法再找晴岳,这个时候,除非他自己来找我,我是没法主动联系他的。我跑去检录时,从那个黑衣服的男生旁边经过,可我的视线完全没有在他身上停留。等我排进队伍,再去寻找那个黑色身影,对方好像已经出了校门。

　　200米预赛花了我不少时间,等我回到操场边。张可霖又兴冲冲地前来报信,她说她又遇见邹晴岳了,不过他当时正在和一个女生说话,而她上去打招呼,他却一副不认识她的样子。我想,这应该是认识我的晴岳了,他总算来学校了。而张可霖却突然靠着我忧伤起来:"那个女生看起来和他长得有点像,我听说邹晴岳是有姐姐的,哎,小孩的爱情

{ 第 4 章 }
"自废功力"的运动会

要是得不到家人的支持,是很难进行下去的。"

这话听得我顿觉一阵肉麻。而四年级的我,却还一副替对方惋惜的样子,一只手搭在她的肩膀上,当时的我相比喜欢某个男孩子,一定更珍惜面前的女孩子吧。

一上午就那样过去了,吃完午饭,下午的比赛开始,我身边一直有人,我也毫无上厕所的欲望。直到看到万祎出现在 800 米跑步队伍里,同学们都在感叹跑在第一位的张鑫有多帅时,我终于想到很快就是 200 米短跑决赛了,我要去上厕所。我离开位置没多久,身边就靠过来一个身影:"林友。"

我的视线微微倾斜,原来今天晴岳和朱健穿了一样的黑色衣服,只是晴岳将衣服拉得死死的,两手还有些别扭地放在身后,"你总算出现了。"

"我见到我爸了,他在家给学生补习呢。我运气不错,前脚才出门,就听到高三的我从后门回来了。我就趁这个时候来学校见我姐,可惜她不清楚情况,对我一点都不热情。她是运动会的场务,忙得很,还让我别影响她工作。"可即使是这样,晴岳也难掩兴奋,走起路来像踏着弹簧。

"你昨天去哪了?一整天都没见到你。"

"我,我在大林寺有点事,放心,等会儿就去拿你的练习册。"

"行吧。"我跑进了厕所,出来时看到晴岳还拉着衣服,他的样子有些怪怪的,像是怀里藏着什么东西,"你拿了我的练习册,还要送回去吗?你不是说你进不了自己的房间?"

"我都安排好了,但送回去还是要送的。"

我虽然不知道晴岳是怎么安排的,但他的脑子应该也不用我去指挥,聊了两句,又分开了。

等我跑完200米回来，就有同学过来提醒我："林友，林友，有个男生拿走了你的练习册。"

我四处看了看，一个黑色的背影拿着我的练习册。我立刻追了过去，象征性地喊了一声，晴岳背对着我做了个"ok"的手势，一切都对上了。当时的我还有往前追的趋势，可张可霖却冲过来拉我去参加颁奖仪式。我的身体左右为难，最后还是跟着张可霖走了。等我领完奖回到班级所在的位置，我的身体立刻跑去翻书包，却发现了那本讲述中华民族传统美德的插画书安静地躺在书包里，我之前怎么会看不到呢。我拿出来翻了翻，里面弹出一张纸片。

纸片上的内容一下就激怒了我，我能感觉到有股怒火从我的胃底燃起，直直地冲上了我的大脑，从我两眼冒出来。

我紧皱眉头，像搜寻猎物一般，看到穿着黑色外套的朱健正站在不远处看颁奖，我这暴脾气啊，根本拦不住，我第一次感受到，什么叫身体往前冲，而我的理智不断把自己往后拽。

"别人写的是情书，又不是战书！为什么要这么生气呢！"

可我没办法，只能由着自己的身体往前冲，而大脑里尽可能编排一些别太过分的话。可我怒火冲天地冲了过去，使出全力推了朱健一把，要不是前方有栏杆，朱健估计得摔倒！

"你什么时候见过我哭了！以后别再写那种东西了！再写我就告老师去！"我只想趁对方没有回头时赶紧把话说完。

被我用力推了一把的朱健回过头，这下该换我吓死了，他才不是朱健，而是——

"晴岳？"

我怎么忘了朱健今天洗了头，穿了和晴岳一样的衣服。

{第4章}
"自废功力"的运动会

而认识我的晴岳已经回去送练习册了,此刻站在我面前一脸困惑的是高三的晴岳。

"你认识我?"

"不,不认识。"我的目光已经尴尬地看向别处,步步倒退。

"傻子吧!"邹晴岳按着被我推疼的肩膀,愤愤地说道。

我掉头跑了,不敢再多留一刻,我不记得当年有推错过人,更不记得对方不是朱健而是晴岳,原来我们早就有交集。

往回跑的时候,我又回想起那封"情书"的内容,

"你就像个假小子一样,凶的时候什么也不怕,哭的时候又让人手足无措。但我喜欢你这样的女生,真的。"

9岁时,我觉得被不喜欢的朱健喜欢,是一件令人恼火的事。19岁时,我壮着胆子去向张鑫表白,觉得让他做我的男朋友是件特有面子的事。我认为自己是个有些不尊重感情的人,但现在我不断回想,晴岳拉着衣服……那本插画书又摆得那么明显……情书上也没指名道姓……这反倒让我产生了怀疑,但更多的还是不解。

四年级的灯境,就那样结束了,我们又会有很长一段时间不能见面。回到现实中的我心里突然明确了两点:一是我彻底拒绝的——妈妈介绍的工作,我完全不想去。二是我内心期盼的——我想写我喜欢的文章,不管得经过多少努力、耗费多少时间。我并不害怕经历糟糕的事,因为我开始相信,只有足够的经历才能帮助我看清自己。

雨岳下班后,开车回家拿参考书。在银行工作,即使成了正式员工,也得不断精进自己,多考几个证书傍身。

邹华亭将之前的剩菜热了一下,雨岳不常回来吃饭,也不爱提前打招呼,晚饭只加了道最简单的紫菜蛋花汤,父女俩便吃了起来。

"您学生又来看您啦?"雨岳一早就注意到了放在楼梯口的水果篮和养生补品。

邹华亭难掩得意:"也不是每个坏学生都不懂事。"

"他是比好学生还懂事吧。叫什么来着?盛……"雨岳装出不了解的样子。

"盛科!"

"这年头,找初中老师当证婚人的真是少见哦。"雨岳打趣道,心里已经明白了里面的缘由。

"盛科不容易,普通家庭的孩子,现在有了自己的企业,中间不知道吃了多少苦头。"

"他爱人怎么样?"雨岳不动声色地问道。

"不错不错,人很踏实,一个主内,一个主外,再合适不过了。就是盛科这小子爱嘴硬,每次见我都说什么找老婆不用找爱读书的,他就是以这个标准才找了个好老婆。我还真想训他两句,当着老师的面说这样的话。"

雨岳忍着笑,筷子在菜碗前晃了又晃,看来晴岳当初说的话,盛科都听进去了。

邹华亭见雨岳在红烧蹄髈前缩了好几回筷子,说:"别看热了两回,但比之前更入味了。"

雨岳犹豫了一下,还是将筷子挪向了别的菜:"金源把我形容成红烧肉。"

"你又不胖。"当父亲的立刻安慰道。

第 4 章
"自废功力"的运动会

"他就是打个比方。"

"金源最近怎么样？在家工作有没有偷懒？"

"他现在已经能掌勺了，烧多少桌菜都不怕。"雨岳却习惯性地替丈夫说话。

邹华亭微微点头道："这才像话，当初你要嫁个厨子，我是真不放心。那么多好小伙等着呢，你偏偏都不在意。"

雨岳煞有介事地看着邹华亭。对方板了板脸："怎么，我肉吃脸上去了？"

"没，我只是突然明白了。"雨岳笑着伸出筷子，利索地夹了块肉，"老爸和老公是真不一样。"

"还是老爸好吧。"

雨岳抿嘴笑："老公呢，看到我可能遇见更好的，急得要死。而老爸呢，看到我遇见不好的急得要命。不一样，这两种感情不一样。"

"你这话什么意思啊？"邹华亭听着反而担心起来了。

"没什么意思，最近在做阅读理解，我有点不理解主角的真实想法，看见好的他不急，看见不好的他反倒出手了，呵呵！"

"你这考的都是什么乱七八糟的？"邹华亭不明白怎么银行还考这些，"不过你整天忙着考证……"

"没整天吧！"

"他家里不催你？"

"催什么？"

"明知故问，我也等着抱外孙呢。"

两人突然唇枪舌战起来，雨岳翻了个白眼："我们去年才结的婚，金源家也没催过。"

邹华亭喝了一口酒："你啊是运气好，要是别人家，不见得能这么体谅。"

"可我在上班呀，也在努力赚钱，况且我又不是说不生孩子。"

"我说的不是这个。"

雨岳有些不解地看着邹华亭："我不明白您在担心什么，我和金源挺好的。"

"挺好的就行，当初你心意已决，我们双方家长见面，我担心你弟和你妈妈的事让别人心里不舒服，就特意解释了一句，说咱们家没什么遗传病，你很健康。"

"您怎么还说这个。"

"金源家可一点没这个想法。"邹华亭赶紧说清楚，"大人也都很开明，我当时就觉得金源妈妈太能说了，还有点没边没沿的，别到时候你和她处不来。"

"没有处不来，她和金源一样，见了老师就紧张，一紧张肯定乱说话。"

"她说她见过你弟。"邹华亭很局促地说道，"还说你弟跟金源玩过一阵子。"

"这，这不可能。"雨岳对这一点还是很确定的，"金源都说没见过晴岳，他跟我说了好几次。"

"可能真是记错了吧，我后来问金源，他也说没见过，可你婆婆当时一瞧见你弟的照片，就说去家里玩过，但是什么时候也没印象了。其实不止一个人和我说过这样的话。"邹华亭又看了看放在一旁的水果篮，"但我想想又不对，你弟弟那

{ 第 4 章 }
"自废功力"的运动会

时候都在学校上学。"

雨岳不断往饭碗里盛汤，快满了才停手："医生以前不是说晴岳能活到 18 岁嘛。他一直跳级，说不定他趁我们不注意，把缺掉的几年都放在之前过了。您觉得这么理解，是不是好一些？"

邹华亭微微叹气："如果真是这样，我心里也就没遗憾了。"

雨岳稍稍松了口气。

"他一路学习，我以为外面的世界才更精彩，才让他早点出去感受感受，可现在想想，真不知道是对还是错，让他多点时间留在身边可能更好。"

"所以您也别催我生孩子了，我自己的路还没走踏实呢，是对是错也不清楚，还教不了小孩。"晴岳的话题太沉重，雨岳不想邹华亭再难过。

"话可不能这么说，我也没看清自己的路呢，不也带大了你和你弟。"

"您别呀，您都快光荣退休了，园丁路走得那么顺还跟我谦虚。不过咱能别讨论这种思辨性的问题吗？双方都有理，又都没理的，说不完的。我等会儿还有一堆书要找，您赶紧吃，要不等会儿您得自己洗碗。"

雨岳站在书架前，对着书单找书，邹华亭凑过来看了一眼："怎么连英语词典都要回来拿，金源没有吗？"

"真没有，金源最多的书就是漫画书，宝贝得不得了。"

"那你慢慢找，要不今天晚上就住家里？"

"今天不行，过两天吧。"

"晚上还要出去?"

"出去是不出去了,得回去看书。"

雨岳找了两大袋书,整理好了自己的,又去整理书柜,将几本书扶正了,往左边推,每推一下,就感觉有股力量向她袭来。

"那我走了。"

"路上当心。"

雨岳发动了车子,缓慢开出了村间小路,在整理书架时,她终于想起来了,晴岳在那场运动会找她说的话,她几乎都已忘记的话。雨岳是当年那场运动会的场务,当时正和同学在搬桌子,那两天她都忙得不行,晴岳突然来找她,她又意外又嫌麻烦。

"姐,回家帮我收拾一下书柜吧。"

雨岳认为对运动会完全没兴趣的晴岳就是跑来给她添麻烦的,就怼他:"奇怪了,你不是最讨厌别人动你的书柜嘛,爸爸每次翻你都会很生气。"

"爸爸在家给学生补习呢,把我的书柜翻得一团乱,你就给我收拾收拾吧,运动会没意思,我下午要去钓鱼。"

"你好烦呐,有空钓鱼怎么没空收拾!"雨岳甩了个脸色给他,嘴上不答应,但运动会结束后,还是回去将邹华亭摆在桌上的书一股脑地塞进了晴岳的书柜。那堆书里应该就有那本夹着朱健情书的练习册吧。

雨岳带着浓重的鼻音责怪起来:"回来也不说一声,我态度能好吗!"

第 5 章

不想当开心果的银杏果

DIANDENG
XUNJING

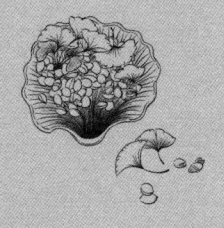

"你们的野山笋肉丝面。"

芳芳操起筷子,往嘴里塞了一大口。

雨岳正准备吃,芳芳就大声吆喝起来:"老板,你在这笋丝里放了多少味精?"

雨岳听得头痛。收银的年轻老板指了指身后的广告牌,"不添加味精",是这家店的灵魂。

"怎么可能?"芳芳端起面碗豪饮一口,"汤这么鲜!"

"你不用对什么事都抱怀疑态度吧!"雨岳向店老板示意不好意思。

"不是怀疑是事实!我今天在我家马桶里搜出了一万块现金!"

"马桶?"

芳芳用鼻子出气:"马桶水箱盖子,反面,用塑料袋包了好几层,搞得像间谍一样。"

雨岳一听,知道话题肯定又要转向芳芳的夫妻生活了。

"你说他防我防成什么了,老婆在银行工作,他就直接攒现金,我有那通天本领吗?每个银行都能查到他的账目?上班前就跟他大吵了一架,我婆婆还在旁边帮腔,说什么男人身上得留点钱,可她不瞧瞧她儿子用得着开销吗?白天吃饭都是单位管,不像咱们还得出来吃,家里的东西又都是我买的,告诉他他也记不住。雨岳,结了婚就是这样,明明不痛快,咱还得忍着。"

雨岳可不准备当她的同盟。

"你家金源还好吧?"

问这个问题的语调怎么像是想听出些不好呢?

"这儿离单位远,有什么尽管问,我帮你分析分析。你俩才结婚一年多,还算新婚呢。"芳芳自顾自地分析开了,"现在有问题肯定都还是萌芽,要及早处理,他是对你爱答不理了?还是假装听不见你说话了?"

"这是个重复的病句!"

"你还操心我怎么表达!要发展成什么都瞒着你麻烦就大了。他是不是有事情瞒着你了?"

不回答很容易变成默认,但说到隐瞒,雨岳想到了本子上的内容,心里还真是疑惑。

"是不是被你发现了?你今天脸色不好,眼睛也有些肿,是哭了⋯⋯"

雨岳的思绪已经飘到了昨晚看的那些内容⋯⋯

(五) 不想当开心果的银杏果

着急进入三年级的灯境,是因为金源。

{第 5 章}
不想当开心果的银杏果

金源是张鑫的好朋友,我之前总听他提起,后来看到照片,才惊觉,原来他和我是一个村的。所以在 2013 年底,看到张鑫发的状态,我几乎是扔了正在吃的半碗麻辣烫就往家跑,翻出作文,点燃煤油灯,朗读三年级的那段内容。

"三年级,不想当开心果的银杏果

三年级的期中考试,我惨遭滑铁卢。语文 85 分,数学 92 分,21 人的班级,我排到了 15 名。我找不到自己的问题,那段时间我的人缘非常好,朋友们都爱围着我,我就像个开心果一样招人喜欢。可是期中考试结束后,任何一个人再想和我开玩笑,我都羞得慌。

那段时间,老师在教《三棵银杏树》这篇文章,邀请了之前的一位学生(当时高年级已经放农忙假)来班里向我们展示什么是银杏果。当我们看到洁白的果实,都惊呼,原来是开心果啊!可高年级的哥哥却拿出一盒真正的开心果,比较两种果实,让我们分别品尝。

开心果又香又甜,很快就被我们吃完了。而银杏果却是苦的,还有一股臭味,不讨人喜欢。可当我剥开银杏果,真如课文上说的,'炒熟了,剥掉壳,去了衣,就是绿玉一般的果仁'。哥哥还说,银杏果虽然味苦却营养丰富,虽然是好东西却不能多吃。

我喜欢银杏果与众不同的品格,也开始反思为什么我期中考试考那么烂。我不该只在意同学们喜不喜欢我,而是该去看看为什么作业本上有那么多'红中',书包里为什么那么乱。"

这位高年级的哥哥,就是金源。我以前不记得他的名字,但对这个人一直有印象,还记得他家有个饭店叫"山清水秀"，店如其名，店后就有一条天然的河流。晴岳对盛科说，想为他姐姐在感情上出点主意，主意怕是来不及了，但能让他与金源见一面、聊一聊，三年级是再好不过的机会。

读完后，我感觉到熟悉的渗透感，逐渐进入灯境，率先听到的是"哗哗"的水流声，等我的视线变得清晰，就看到晴岳正背对着我站在一座桥上，倚靠着木扶手。而我是桥边的一盏路灯。我松了口气，看来这次我能自由行动了。还没来得及和他打招呼，我就听到远处传来一阵呼喊声。

"别站在上面！那桥会塌！"

这个喊声反倒成了一股助力，我听到晴岳发出一声惊呼，木扶手像豆腐块般倒了，晴岳也跌了下去。我一着急，居然冲出了玻璃罩，看到自己伸出的双手是一片光芒，马上就要与晴岳相触，但巨大的力量把我往后拽，我一扭头，看到跑过来的就是金源，他张大了嘴巴，两只眼睛死死地瞪着我。

我被重新拉回灯中，金源愣在原地，直到听见晴岳的扑腾声才回过神，冲去水塘。

还好水不深，没一会儿，两人便浑身湿透地上了岸。晴岳哆哆嗦嗦的，10月的天气，河水都凉透了，而金源却兴奋极了："你，你是八神庵的后人吗？"

我松了口气，八神庵是我们小时候看的《拳皇》漫画里的人物，幸好他没大惊小怪，觉得刚才的我是鬼火之类的。

"八神庵，他手里会燃起紫色的火焰！你刚才掉进水里，一团光从灯泡里冲了出来……"

晴岳看向我的方向，如果他没看过《拳皇》，估计满脑子都是问号吧。尤其金源还一直念叨着"大蛇之血""月之

{第 5 章}
不想当开心果的银杏果

夜"这种名词。晴岳一连打了好几个喷嚏。

"走走走！去我房间换衣服！要不你会感冒！"

金源拉着晴岳往屋里去。

我在灯里提醒晴岳："这个男生叫金源，是三年级的主角，以前来我们班介绍过银杏果……"

晴岳又打了个喷嚏。

"不过他跟我关联不大，跟你比较有联系，他应该是你未来的姐夫！"

晴岳连着打了两个喷嚏。

"别激动，我也是突然看到张鑫在网上发的状态，是一张聚餐照片，他还配了一句话，说什么下一次聚餐就是在金源兄弟的婚礼上了，我认识金源也认识你姐，金源当时一条胳膊搭在你姐的肩膀上，所以我想进来和你通报一声，你也好了解了解这位未来的姐夫。"

晴岳被金源拉进了屋内，这里就是金源家的餐馆，这个时间已经没了客人，我跟着他们一路往前跑。一位端着满满一托盘空盘子的女人看到他们就训斥起来："什么情况，这个天气还玩水，金源！能不能让人省点心！"

金源直接拉着晴岳从一侧绕了过去，往楼上跑。

"那小孩是谁家的，金源！你又打架了吗？"

金源完全不理会，我跟着上楼，木楼梯被他们踩得"咯吱"直响。到了二楼，两人一进屋就"咚"的一声关上了门。我识趣地站在门外，想等他们换好衣服再进去，却听到屋里传来玻璃碎裂的声音，就赶紧冲了进去。

一块绑着纸片的石头被砸进了房间，就落在晴岳的脚边，晴岳咬着牙抬头看我："把那两个字再重复一遍！"

"姐夫。"

"别跑！"金源已经爬上靠窗的书桌，冲着楼下大喊起来。

楼下立刻传来"看战书"的叫声。

晴岳直接拆下那张纸条，读了起来。

"金源，如果你是个男人，明天就来周正村小学，我们比一场，赢了就收你当小弟，输了你就是叛徒！"

"我了个去！"金源又回过身对着窗外喊道，"别跑！我明天一定应战！用我的铁头功顶死你们！"

金源从书桌上一跃而下，一副气愤难平的样子，一边说着"气死我了气死我了"，一边开始脱衣服，我退到了门外。

"你要出门吗？"

我听到晴岳问了一句，想起刚才进房间，看到床上放着两个包。

"我明天要去我外婆家。"

"那打架？"

金源好像才反应过来，又冲去窗口大喊道："明天没空！等我回来！"

打架还可以这样吗？我不由想笑，金源看起来咋咋呼呼的像个迷糊蛋，与我记忆中沉稳的大哥哥，好像有点冲突。

"太亢奋了吧！"

我听到晴岳压低的声音，只好安慰道："女大十八变，相信男生也是一样吧。"

"穿好了。"没一会儿，晴岳故意清了清嗓子。

我进了房间，晴岳将衣袖、裤管都往上卷了好几圈。金源随手从提包里拿了件干净衣服，在晴岳头上揉了揉，算是擦头发了，又趴在地板上整理湿衣服。

{第 5 章}
不想当开心果的银杏果

这个卧室里,汽车和手枪玩具扔得到处都是,床上还有好多漫画书,晴岳拿起一本,封面上的八神庵留着红色的长刘海,斜斜地遮住了半张脸。

金源翻出一个塑料袋,拎起晴岳的湿外套左右看了看:"这是你的衣服?"

那也是我后来的高中校服,一直都是同一种款式,胸口还绣着学校的名字。"对金源你可以说实话。"我建议道。

"那是我姐的。"晴岳却十分顺口地说起自己叫周青越,动了盲肠炎手术在家休息,爸妈离婚之类等烂熟于心的自我介绍。

"这样的衣服可不能让我妈看见,她又会啰嗦的。"金源一把将湿外套塞进塑料袋。

正说着话,楼道里传来脚步声,金源立刻跑去锁门。

锁拧不开,门外传来了训斥声:"金源!你又瞎闹什么!这个天气别弄感冒了。"

"不会感冒,你别进来,我们换衣服呢。"金源用脚拨了拨门缝处的玻璃碎屑。

"那姜茶放外面,记得喝。还有感冒药。"

"我要喝汽水。"

"你出来,我打死你。"

听声音,应该就是上楼前遇到的女人。

"对了,王老师把上课时间告诉我了。"

"什么上课时间?"

"你别装傻!白天不都去采银杏果了嘛。"

"我没采。"金源虎着一张脸,小孩和家长的对峙总是这样无道理可言。

"下个礼拜五,上午第三节课,银杏果你泡在水缸里了吧,要提前一天处理,我可没时间给你收拾。"

"我不知道,我不去!"

"别人要这个机会还没有呢!你多练练台风,以后可以当老师。"

"谁要当老师!"

"还有那小孩,都什么时间了,赶紧回去吧,家里人该出来找了。"

"知道了知道了,你赶紧下去吧,烦死了。"

女人走了,金源不情愿地打开门,地上放着两大杯深色的姜茶还有一盒感冒药。"是我妈,每次都自作主张,烦人!"

金源剥了两粒药片给晴岳,自己连个喷嚏都没打,觉得就不用吃药了,姜茶也是闻了闻就放下了。

晴岳抿了一口,看样子还挺满意。我听到灯外电话响了,便暂时离开灯境。等我忙完再次进入,就听到晴岳在问:"我能跟你一起玩吗?这几天也没事干。"

"可我要去我外婆家。"

"你外婆家离这儿远吗?"

"走路一个小时吧。"

"我跟你一起去,可以吗?"

金源两眼放光,问:"你想去吗?去了是要干活的,不过那些活也不累,就是帮忙做做饭、捡捡稻穗,我一个人本来就无聊,你要是去,还能陪陪我,晚上和我住一个屋。"

"行啊,这些活我都能干,我回去问问,就是我来我爸爸家,没带什么衣服。"

"穿我的就行了,干农活只能穿旧衣服。"

{ 第 5 章 }
不想当开心果的银杏果

这一小会儿的工夫,他俩不知聊了什么,金源心也够大,不过一个刚认识的小孩,就让跟着去自己外婆家住了。

收拾完房间,被砸碎的玻璃处贴上了草薙京(八神庵一生的对手)的海报。金源蹬上自行车送晴岳去大林寺,这一整天,金源都在寺里采银杏果,而那棵巨大的银杏树就在包间外的院子里,晴岳今晚仍然住"金龙鱼"包间。到了大林寺门口,晴岳就假装要走回去,不让金源送了。

"那我们明天在这儿见,7点出发。"金源将车篓里的湿衣服递给晴岳,晴岳怀里还抱着三本《拳皇》。

"书你慢慢看,明天我再带几本来。"

晴岳送走了金源,脚步轻快地往大林寺走去。

"你是要恶补《拳皇》吗?"我并不认为晴岳会对漫画书感兴趣。

"反正闲着也是闲着,还能和我姐夫多点共同语言呢!"

"喊得真快,你为什么不和金源说实话?"

"我之前都不认识他呀,要是他知道了我家地址,就他那咋咋呼呼的脾气,突然跑去我家找我,说什么我去过他外婆家、我俩还是朋友,我得多混乱。"

"也对啊,我怎么没想到。可以后他看到你的照片得多奇怪。"

"世界上长得像的人太多了,说不定他以后早忘了我长什么样了。"

"会吗?不过金源怎么会答应让你去他外婆家呢?你俩也太自来熟了。"

"因为他现在没朋友。"晴岳仰起头冲我笑了一下。

"没朋友?"

"如果他明天去应战,就得一人打11个。"

"他人缘这么差吗?"

"是因为他妈妈将他转去了中心学校,而之前的同学都还留在周正村小学,所以他们才喊他叛徒。金源说他在中心学校也没朋友,其他同学早就有自己的小团体了,他很难融进去,所以一见我这样主动要和他玩的,不管年纪大小,他都激动得要命。"晴岳蹲在"金龙鱼"包间前拿钥匙,"对了林友,你是不是工作了?上次见面都没来得及问。"

"嗯,工作一年多了,刚才就是工作电话,不敢不接呢。"

"你在做什么?"

"编辑,我在一家报社当编辑,就是当年举办儿童故事征文的报社。"

"这么巧?"晴岳进了包间,直接脱了鞋坐在床上。

"我当年写的《鸟笼国》获了银奖,但从此我的获奖经历就终止了,投稿基本投不中,我就只能开始找工作,找了一圈,也只有这家报社录取了我,又巧又无奈吧。"

"那编辑都做些什么?"晴岳倚靠着墙壁翻起了书。

"我们做的是儿童报,所以会向作家还有一些学生征收合适的稿子,当然我自己也得写,我们的工作量还是很大的,每个礼拜,我都要负责六到八个版,除了排版工作,自采数量每月一万两千字以上。"

"那编辑听起来比作家还厉害。"

"不能这么说,要看怎么比,对于知识点的深度,我们肯定不如作家,但要说涉及的知识广度,编辑一定要强过作家。"

"听着越来越专业了。可这么晚了,你还要工作?"

{第 5 章}
不想当开心果的银杏果

关于这一点，我也很无奈："刚才是我的报社主编，我们公司马上要举办年会了，我们编辑部要出一个舞蹈节目，我负责编舞。"

"你还会编舞？"晴岳很意外。

"一点不会，可主编硬说年轻人想法多，要我试一试。这不，今天下午在办公室跳了，主编刚刚给我反馈，说他从没见过这么混乱的广播操！"

晴岳笑得前仰后合。

"但他给了我一个电话，让我明天去找舞蹈老师帮忙，谢天谢地，他总算知道我干不了编舞了，我刚刚打电话联系了一下，那位老师让我明天晚上去一个会所找她。所以，我明天时间会很紧，要是我很晚进灯境，你不用等，早点休息。"

"行，金源说明天是周日，下周五他才上分享课，那这次的灯境会等一周呢！不用着急，我们肯定能碰头的。"说话间，晴岳已经翻完了一本书。

"那个……是我的角度问题吗？"我忍不住提出疑问。

"怎么了？"晴岳正翻着第二本书的最后一页。

"你看书不是从封面那页开始看的吗？"

晴岳向我展示了一下。他真的是从后往前看的："我习惯了，以前一直觉得课本太简单，所以直接从最后开始看，渐渐就养成习惯了，作业本也是从后往前写，试卷也是从后往前做。"

"可故事书从后往前看还有什么意义？你都知道结果了。"

"知道结果……"晴岳突然很认真地看向我，"所以是因为我的习惯吗？现在的一切，都是在知道结果后，才开始经历的。"

我感觉他的情绪突然没那么明快了。

晴岳捏着两根手指向我比画:"我今天有一点点、一点点嫉妒。我嫉妒你们的时间都在往前走,而我却是静止的,不!还是倒着的。"

我很难过看到晴岳故作轻松,我时常会产生一种错觉,因为灯境太真实,而忘了晴岳已经不在的事实。但事实没法改变,灯境又很有限,我不希望他太伤感,只好安慰道:"这样倒着进展不是也蛮有趣的嘛,我是编辑,又想当作家,其实真正有趣的故事,就是你这种习惯产生的。我们共同经历的灯境故事每次都让我又哭又笑,这比只知道结果,有意思多了。"

晴岳低头翻了两页书,重新向我露出了笑容,他是一个太容易被安慰的人。

"那你和我说说你的工作经历吧,不管有趣无趣,我都想听。"晴岳已经一扫刚才的阴霾。

"行啊,那就从找工作开始说起吧……"

"啪嗒,啪嗒。"

金源交叠着两根拇指,用力往下压,果壳碎了,去除上面的一层薄衣,将果实扔进不锈钢盆里。每次剥白果,金源都会想起小时候的一些片段。"白果是银杏树的种子,炒熟了,剥掉壳,去了衣,就是……"

"源源。"

金源一用力,白果连着果仁都被他压碎了。每日中午,金源都会端着晚到的午餐,坐在饭店的东南角,这里有一个延伸出来的木制大露台,露台外有一条天然的河流,吃饭干

{ 第 5 章 }
不想当开心果的银杏果

活时听上一段"哗哗"的水流声,是金源多年来的习惯。"什么事?"他问。

"我去买猪肚,雨岳今晚回来吃吧?"李勤芳走来一瞧,见金源将不锈钢盆、手机,还有吃空的碗筷,一字排在窄窄的木栏杆上,"演杂技呢!当心点。"

"应该要回来,你来剥吧,我去买。"金源一起身,就把不锈钢盆"咚"的一声撞到了栏杆外。

"我怎么说来着,让你当心点!"

"没事,我又没剥几个。"金源正准备翻越栏杆,手机却响了,远远一瞅来电显示,是雨岳。可一伸手拿手机,碗就掉到了露台上,一下就碎了,筷子也飞了出去。李勤芳看不过去,赶紧帮他拿手机,结果两人的手又撞在一起,砸飞了手机。金源伸长手臂,半个身子都出了栏杆,手机在他的手里颠了好几下,总算是抓住了。

"总是毛手毛脚的!"

金源却不以为意地接通了电话,一只手撑着栏杆,利索地翻了过去。

"你为什么说没见过晴岳?"电话那头的雨岳轻声问道。

金源皱起眉头:"你说你弟弟吗?"

"嗯。"

"我是没见过啊,但照片见过,你给我看的不是吗?"

"真的吗?连周青越都没听过?"

"你在说什么呀!"金源带着发笑的口吻。

电话那头稍显沉默:"你晚上能出来吃晚饭吗?我想给爸妈买身睡衣,你帮我挑挑。"

"行啊。"金源挂了电话,将不锈钢盆递给李勤芳,一只手又撑着栏杆跳了回来,但这一回差点扭到脚。

李勤芳要被他吓死了:"你能不能当心点!一点记性都没有!"

"幸亏我记性不好!"

"你说什么?"

金源摆了摆手:"晚上我和雨岳不在家吃,她要给你们买睡衣。"

"睡衣?不用不用呐,费那个钱干吗!穿了睡衣要变秀的。"

从周一那晚离开灯境,我便开始了白天在报社上班、晚上去会所学舞的忙碌日常。一直到周五晚上,灯境内应该是周三,我才与晴岳在金源的房间说上话,他们已经从外婆家回来了。

"农忙假过得如何?"金源不在房间,只剩晴岳一人,他正趴在地板上,在一张白纸上写写画画。

"林友,你也太忙了吧。"晴岳直接倒在地板上,他比几天前黑了一个度。

"工作了没办法,不过明天就年会了,后天我休息,我一定一大早就进灯境。"我在仔细辨认晴岳写的东西,那更像是一张流程图,"你在干吗?"

"给你看个好东西。"晴岳从一堆彩笔下拿出一本小本子,"我读给你听吧,金源这字看了眼睛会瞎。"

1998年,农忙假有感

学校放农忙假了,扳一扳手指,总共有9天时间,真是

{第5章}
不想当开心果的银杏果

太棒了！放假前，老师交代我们，一定要好好给家里帮忙，做力所能及的事。我撸起袖子准备回家帮忙，可我妈说家里的地都租给别人种了，没活可干，让我去外公外婆家帮忙。我不愿意去，妈妈就给我烧了红烧鸡腿，太好吃了，我一人吃了三个，吃得我无话可说，只好去了。

第一天，我和我的同伴青越同去，他是我刚交到的好朋友，他动了盲肠炎手术在家休息，闲着无聊想和我一起去外婆家干活，我正好缺一个伴，立刻就同意了。我们走了一个半小时才到外婆家，外公和外婆已经在地里割稻子，我和青越只能用冷水泡饭，再加点酱油。吃完饭，我们就立刻去田里干活。干了一会儿，青越累得不行了。外婆说，小孩干不了农活，让我们帮她做晚饭。晚饭一共四道菜，野山笋鸡汤、大蒜炒百叶、大蒜炒腊肉，还有大蒜炒鸡蛋。为什么有这么多大蒜呢？因为外公外婆种太多了，必须想办法吃完。我和青越便留在家做晚饭。中间还发生了一件很有趣的事，青越直接把大蒜白色的根全部剪掉了，他以为不能吃，但我教他——大蒜浑身都是宝，都能吃。鸡汤的做法很简单，只需要放在冷水中煮开打掉沫后转成小火熬。煤球炉不像煤气灶，但也可以通过关闭炉子底部的一个小孔，让火变小。外婆说一定要控制好火候，要不鸡肉会很老。我控制得很好，在鸡汤里加了料酒、食盐还有野山笋，一直炖到开饭，好吃得扇我十个巴掌都不肯放下筷子。炒菜的时候，我炒菜，青越烧火。青越是个很认真的孩子，就是力气太小，稻草都堆在灶门口烧，害得我炒菜只能贴着锅边炒，炒了三个菜，手臂都拉长了。第一天就这样过去了，我做的菜真好吃啊！外公说只有吃靠自己努力换来的东西，才不会变秀。"

"等等，变秀是什么意思？"我忍不住提问。

"就是变坏、挑食、不爱学习、欺负别人，等等。"晴岳扳着手指，"其实金源家的家教还是很严的。"

"哦，你接着读吧。"

"第二天，我和青越去地里捡稻穗，捡到的稻穗可以拿到运河边的船上换山芋，当天晚上，我和青越做了山芋粥，真是美味呢。

第三天，家家户户都在门口晒稻子，但到了傍晚，天空开始下雨了，所有人都开始抢稻子，往家里搬。只有我外婆家隔壁的一位老爷爷，他一个人在家，还坐着轮椅，天明明下雨了，可他却说天气预报说没雨，不用喊家人回来收，还让我们都别收。可雨越下越大，最后我和青越看不过去，只好帮他收。等老爷爷的家人从工厂赶回来，我们已经收完了稻子。老爷爷夸我们能干，还说晚上要请我们吃咸鸭蛋。可到了晚上，他却忘得一干二净，我和青越就端着碗故意坐在他家门口，老爷爷终于想起来了，给我们一人煮了两个咸鸭蛋，还夸我们年轻人记性就是好。

时间过得真快，一转眼我已经待在房间写这篇《1998年，农忙假有感》了，我虽然回家了，家里也没有田，但我还是有很多事情要忙，比如作业一个字都没写。我真羡慕青越，动手术在家休息一个字都不用写。不过他非常聪明，有些我不会做的题，他居然都会，他说是因为他姐姐是重点高中的学生，平时会给他补课。我想我成绩不好，都是我妈没给我生个姐姐的缘故吧。

在外婆家的三天半让我明白了一个道理，我会谨记这个道理，认真过好接下来的几天，和青越兄弟一起多做些有意

{ 第 5 章 }
不想当开心果的银杏果

义的事。外婆也向妈妈表扬了我们这几天的所作所为,妈妈说要做点好吃的犒劳我们一下,我已经等不及要吃红烧鸡腿了!"

听完作文,我眼泪都快笑出来了:"我是老师的话,肯定会给金源这样的评语——农忙假吃得挺不错啊!"

"哎!那么有意义的三天时光,惊着我的画面一幅又一幅。"晴岳一副想撕作文本的表情,"收稻子的那天晚上,各家各户都把除粒机搬到门口,挑灯夜战,我现在脑子里还有那'斯拉斯拉'的声响。那一捆捆稻草,除完了粒,都向身后飞去。你要想想,直直的一排出去,所有人都在做同样的动作,但因为扔的力量不同,每一捆稻草飞起的弧度都不一样。而且那天晚上的夜色是金色的,麦粒、稻草还有灰尘,统统都是金色的。那个画面多壮观啊,结果金源半个字都没写到,尽想着吃了!"

我擦了擦眼角的泪水:"写作这东西每个人的观察点都不一样,所以你是要替他重写吗?在列大纲?"

"才不呢,金源的文章太天真,我模仿不来。我现在在想他后天的银杏果展示课,根据你三年级日记那段做一个开心果和银杏果的比较,他那水平我真是怕了。"晴岳将作文本塞回原处,"不过你是故意这么写的吗?你为什么会分不清这两种果子啊?"

"你分得清?大蒜还直接剪掉一半。"

晴岳立刻眯着眼看我。

"我不光将银杏果和开心果搞混,还和猕猴桃搞混呢。"我很诚实地解释道。

"这差得也太远了。"

"但我小时候不知道呀,只记得课文上写,炒熟了、剥掉壳、去了衣,就是绿玉一般的果仁。我当时的认知里就没有什么果子是绿色的。有人送了我妈一箱猕猴桃,用白色的泡沫盒包起来的,也没在上面写名称。我看着像能吃,洗一洗、啃掉皮,一咬开,里面是绿色的。我就特别开心地认为,那就是银杏果。"

晴岳简直快晕了:"一定得好好给你们科普一下。不过,三年级时你妈又在家?"

好像不管我发生好事还是坏事,我妈都出现在我的记忆里:"虽然她很忙,但我不是期中考试……"

"考得一塌糊涂!"

晴岳看向窗外,我立刻去到窗台边的台灯里,楼下正围着一群人,其中居然有我妈!

"我得回来管管,不过您放心,我明天就回工地去了,晚上就给您做报价单,明天让工人先给您把基脚螺丝做起来,放心吧,我不会误了您的工期。"

妈妈正扯着嗓子和一位已经喝醉的男子说话,对方摇摇晃晃,一只手还搂着我妈的腰。

走廊里传来了"咚咚"的脚步声,金源端着一个大托盘进来了:"来来来,都是出锅的第一碗,所有菜都齐了。"可看到晴岳趴在窗口,金源马上过来凑热闹。

我妈将那位男子扶上车,可在弯腰时,对方突然用力在她脸上亲了一下。我顿时愣住了,晴岳应该也看到了,金源开始胡说起来。

"不奇怪,女强人就是交际……"

{第5章}
不想当开心果的银杏果

晴岳拿起一本《拳皇》拍在金源脸上而我直接出了台灯,听到金源在后面嚷嚷:"怎么台灯没插电也会亮啊!还爆了!"

我来到"山清水秀"的一楼,妈妈在柜台前结账。她面带笑容,结完账,一个人摇摇晃晃地往回走,我一直跟着她,想在她脸上看到一丝不快,希望她在没人的地方愤愤地骂一句。可是我妈面色依旧,还心情愉悦地哼起了歌,根本不受刚才那件事的影响。

我开始回忆三年级那段时光,我是因为期中考试考太差,才把妈妈引回来的,那段时间,我被严格控制上下学时间,每天都在认真读书,夹着尾巴做人。虽然我总让妈妈操心,她也没少给我添麻烦。那个时候,离婚的人还没有现在这么多,班里的同学都有爸爸妈妈,而我没有爸爸,我连我爸是谁都不知道。但比起好奇我爸是谁,我更在意的是当时有很多人议论我是领养的。不过这个问题,随着我的容貌与妈妈越来越像,早已不攻自破。可是现在问题又出现了,与我妈妈像,真的是件好事吗?

晴岳在喊我的名字,我心里烦躁,又听到"叮咚"一声,是手机上来了短信,我便出了灯境。

"明天年会结束后,来2011房间。"

看完短信,我直接将手机开成了飞行模式,也吹灭了煤油灯,烦躁地将床板捶得"咚咚"响。

相比晴岳和金源欢快的农忙时光,我的工作日常,冒出了一些意想不到的小插曲。我当时依照主编的要求,去一家名叫知了会所的豪华酒店,寻找教舞蹈的覃老师。她是一位不过比我年长两三岁,却一口烟嗓、一身风尘的漂亮女生。

我去找她的那个晚上，被她拉进了一场莫名的饭局。

　　豪华的包间，巨大的餐桌，可桌前包括我总共只坐了四个人。我听不懂他们的说笑，也受不了浓重的烟味，进场就想离席。可坐在我身边的一位高个男子，凑过来询问我的工作情况。我如实说了自己在儿童报工作，是名编辑，但以后的目标是当名作家。他问我是否愿意出一本儿童故事短篇集，男子说他是一家出版社的主编，正在寻找年轻作家，他觉得我可以试试。我当时脑子里就冒出安徒生童话、格林童话，而我只是个编辑，白天还在写什么布料适合做红领巾的报道。但他立刻放低要求，说只是一个随笔，简短的文章，让人读着没什么压力的那种。他的话无疑挑动了我的心弦，我工作了一年多，确实写了不少短篇文章，或许这真是一个天降的机会。餐桌上，我拿橙汁敬他，他将身子靠向我，越靠越近，最后直接将他的右胳膊肘压在了我的大腿上。他穿着黑色的蝙蝠袖毛衣，我不知道他这个动作有没有被别人看到，或许看到了也习以为常。反正那顿饭，我僵着身子演了两小时的人肉靠垫。

　　这几天我与知了会所覃老师的联系非常多。因为我作为联络人，负责编辑部与覃老师之间的沟通，每天练完舞，我还要作为她的助理，帮她把水杯、抱枕还有无数个充电器，因为她不知有多少个响个不停的手机，一一搬去她在二楼的房间。她对我很"坦诚相待"，总是在我还没离开房间时，就穿着性感内衣在我面前走来走去。她是我目前为止见过最自我的人，总是随心所欲地教我们舞蹈，又很认真地接电话。每次合跳都因为她临时想出一个新动作而出错，但她却能理直气壮地教育我们所有人。同事都不喜欢她，我也不喜

{第5章}
不想当开心果的银杏果

欢她,但我对她很好奇,我总会对与众不同的人和事物产生一种奇怪的关注,而我的关注,又恰好被她意识到了。

我连着三天离开她的房间时,门口都站着不同的手捧鲜花的男士,而我不用回头看,也知道覃老师身上没几两布。男士冲我身后微笑,屋里传出变细的烟嗓,"亲爱的"。那一声"亲爱的"就是覃老师认可你的通关密语。所以,当有一天,我跳错了一个动作,而覃老师不仅不像之前吼其他同事那样发火,还冲我娇嗔了一声"亲爱的"后,我就觉得情况不妙了。

我从没想过抱谁的大腿,更没想过加入一起讨厌谁的同盟军。但"亲爱的"之后,同事看我的眼神都变了,她们开始孤立我,吃饭不和我搭伙,商量如何中年会大奖也不带我讨论。那种一个人走在熙熙攘攘的办公室,却像步行在危险丛林中的感觉,很瘆人,也很熟悉。妈妈当年给我惹的麻烦,我自己也给自己惹了。

那个晚上,我没有再进灯境,我做了一夜的梦,梦里都是冲我嬉笑的同学,他们不断说着:"你是抱来的!你是抱来的!"

周六下午,我忙完会场布置,又赶去城市的另一头拿了租赁的服装,然后拎着三大袋衣服回到家,决定化了妆再将衣服送去会场。时间充裕,我突然想看看晴岳他们在忙什么,便点燃了煤油灯。

一进灯境,是在户外,我看到金源骑着自行车,屁股离开车座,一副专业车手的架势,从不远处飞速驶来,晴岳坐在车后,像是一片在风中摇摆的树叶。而他们身后,跟着一群飞奔的男生,之后难怪农忙假就取消了,学生们都闲得出来打群架了。

我左右看了看,这里应该是在周正村小学的门口。金源"嗖"的一下,带着晴岳骑进了学校。而紧跟在他们身后的男生们,一个个停在了校门口。

学校操场上没有灯,我只能留在校外,远远地看着瘫坐在地上的金源和看起来在想办法的晴岳。那11个男生都躲在门外,这里是他们的学校,有老师在,他们不敢轻易冲进去。我看到晴岳和金源交谈了一下,就分开了,晴岳往校门口走来,而金源往一旁的草地走去,那里有个班在上体育课,但看起来老师已经走了,学生在自由活动,玩蒙眼摸人的游戏。

晴岳一副小大人的样子走出校门,目光紧盯着11个男生,"11个打1个不公平。"

我还真怕那些小孩子会打他,但晴岳一开口说话,就很有威慑力。

"《拳皇》你们不都看过嘛,里面的格斗赛,再厉害的角色都要按照规则,一打一,你们商量一下吧,挑一个人出来和金源打一场,要是金源赢了,你们就别再针对他,他转去中心学校,也不是他自己愿意的,都是他妈妈决定的。"

晴岳说完,11个男生你看我,我看你。

"你去!"

"你干吗不去!"

11个男生有些乱了,开始推推搡搡。

晴岳似乎早料到会这样,"如果你们推选不出来,去参加蒙眼找人游戏,谁被那个蒙着眼的女生抓到,谁就出来和

{第 5 章}
不想当开心果的银杏果

金源打一架,这很公平吧。"11 个男生都探头往里看,金源估计是在劝说正在玩游戏的学生,向他们"借"游戏名额。

这时,急促的电话铃声响了,我赶紧出了灯境,是覃老师,她在电话那头让我把旗袍先给她送去,说是化了妆,做了头饰,她就没办法套衣服了。我慌慌张张地吹灭了煤油灯,背上大包小包,开着我的小电动车,赶去年会现场。一路上,我脑海里出现很多对话。

"能看到吗?"

"看不到。"8 岁的我说道。

"这是几?"

"1。"我随便乱说了一个数字,就听到同学在说,"看不到看不到,开始吧。"

那次的蒙眼摸人游戏,我是那个被蒙住眼睛的人。

我匆匆赶去覃老师房间,将那套材质最好的玫瑰红旗袍递给她。她又穿着内衣,披散着长发,在镜子前扭来扭去地拿着旗袍在身上比画。目光一转,她盯上了我:"你怎么这副样子?"

我一时慌了,我那小小的化妆包,忘了带出门:"我等会儿找同事化。"

"有我在,你还要同事干吗?"覃老师说着向蓝色的旗袍努了努嘴:"在这里换吧,我帮你化妆做造型,保证让你的眼睛大一倍。"

她露出两个酒窝,像个天使和魔鬼的结合体。我不敢对她说"不",便在她的房间换上了旗袍。覃老师也非常负责地给我化了个大浓妆。第一次被贴上假睫毛,第一次画上比双眼皮还粗的眼线，等我们俩化完，门铃响了。我眼皮很重地跑去开门，居然是那位出版社的主编，他一见我，眼睛都亮了。

覃老师出来招呼他，我心里却慌得很，想到昨天晚上收到的短信。我原本是没想过要去触碰这层关系的，可同事孤立我，我就想做出些让她们高看的事，我给对方发短信的初衷是问他要邮箱，这样我就可以将我的文章打包发给他，可他却约我在房间见面，这实在出乎我的意料。我根本就没有回复那条短信，有时候我的性格里有掩耳盗铃的一面：明明是自己惹起的事，可一旦遇到拿不准、不知该怎么办的时候，就会当作没看到没听到，不做回应，就以为这件事算是根本没有发生过。

我借口给同事们送旗袍，想要赶紧逃离这儿，可是覃老师却兴致盎然，拉着我站在主编面前。

"看看，90后的腿也没比我的嫩多少吧。"

覃老师将旗袍从右侧开襟处掀开，露出她光滑修长的大腿，而我的旗袍也被她掀了起来……

我发完火拔腿就跑，拎着两大袋衣服，飞快地给同事们送去，耳边都是8岁那年操场上杂乱的喊叫声，我仿佛回到了那个场景，恍惚中回忆起自己被蒙着眼，一双手臂架住我的胳膊，把我从地上拉起来的感觉，而我那时还在用力挥着拳头，两脚不断地往前踢，眼前殷红一片……

红领巾最常见的材质是纯棉和涤纶。玩蒙眼摸人游戏时，我们常用红领巾蒙眼，这时就一定要用纯棉材质的，因

{第5章}
不想当开心果的银杏果

为它折叠后不透光,遮挡性非常好。但是今天,大家都只戴了涤纶的红领巾,便折了又折、试了又试,同学们在我面前举起三根手指,我看得清清楚楚,却故意把"3"说成"1"。我想让同学别再费劲,我玩蒙眼摸人,就是为了抓人,也只是为了抓那一个人,我当然得看得清楚些。

玩的过程中,我假装看不见地玩了五分钟,直到看见场上的同学散去,重新加入了一群新的同学,好像是别的年级的学生。我觉得我马上将失去玩这场游戏的意义,便加快动作,快速地寻找起我要找的目标!他坐在我的后排,上课拽我毛衣上的绒毛,下课联合同学说我是抱来的。那段时间,我低着头做人,但周四那天,我妈妈回工地了,我身上的枷锁一下被冲破了,我一直在等机会好好教训他一顿,我早就看到他了,现在不上更待何时!我毫不犹豫地冲了上去,将他扑倒在地,对着他的面颊挥了一拳,在他还没反应过来时,又抓住他的头发。身边的同学立刻乱了,有人冲过来架着我的双臂把我拉起来。没一会儿,我就听到老师吹哨的声音、呵斥的声音,但我心里痛快极了。

我将两包旗袍放到休息室,等待换衣服的同事看到我,对方刚嘀咕一句"怎么来这么晚",我就用力地瞪她,我化了大浓妆,刚刚发完的火还没散去,浑身上下满是杀气!

电话又响了,这回居然是我的报社主编,他让我去一趟酒店大厅。我心想如果是覃老师告状,我就直接辞职,我每天累得半死,不想再挨训。可是去到大厅,主编悠闲地跷着二郎腿在看报,看到我的样子,还朝我做了个鬼脸。我不由红了眼眶,火也立刻压了下来,我对我的领导并没有意见,他给了我很多机会,也对我颇为赏识,他是个脾气很随和的人,我不能迁怒于他。

"小林,最近工作怎么样?脸色都不好了。"

我心里纳闷,主编这是要上台汇报员工情况,临时抱佛脚吗?"忙过年会这段就好了。"我的理智还在,知道不该真的向领导倒苦水。

"小林不错啊!"主编看起来挺满意,"专业能力强,动作也快,又不爱抱怨,好几个老员工向我表扬你了。"

这突如其来的赞扬让我摸不着头脑,难道是先扬后抑?

"我记得你当年写的《鸟笼国》,你有写作的天赋,也富有同情心。最近一年有写什么作品吗?"

我摇了摇头:"工作太忙了,也想不到写什么。"

"这样啊,写作这件事呢,其实不用太着急,你还年轻,多积累一些经历也是非常重要的,等你感觉有一天,肚里的东西实在藏不住了,有非常强的内驱力想要写出一些东西的时候,就是你真正该写的时候了。"

其实我明白报社需要能写出好文章的编辑,但并不鼓励编辑全心全意去创作,因为那必会影响到本职工作,但我还是谢了主编的认可和教诲,这样的话对我很有安抚作用。

"朵朵从小在国外长大,做事情开放惯了。"

"朵朵?"这话题不知转去了哪儿。

"覃朵,你喊她覃老师嘛,她是我女儿。"

我差点从沙发上跳起来。

"我和她妈妈很早就离婚了,所以她跟着她妈妈姓,我让她给办公室想个舞蹈,她冲我发了一通火,说搞文字的去跳舞,简直是要毁了她的舞蹈。所以我就跟她说,为了确保

{第5章}
不想当开心果的银杏果

舞蹈的质量,干脆一起来参加公司年会,这才让你跑了这些天。多亏你,难得她会主动给我发短信。说她不小心惹恼了一个小妹妹,让我开导一下。"

我一直认为覃老师要参加公司年会,是因为她与主编也是那种说不清的亲密关系,可现在,我的天!"是我太冲动了,是我该道歉。"我说。

"这么看来,是没什么大事了,年轻人心大,多夸她两句漂亮,就没事了。"主编说完,看了看手表,"都说万事要赶早,其实时机才是最重要的,小林去年是实习生,今年就能参加抽奖了吧?"

我点了点头。

"那祝你好运,不用着急,在这儿多等一会儿,我先入场了。"

我虽然不明白,但主编说多等一会儿,我也不敢离开沙发。坐在那儿,回想刚才在覃老师房间发生的事,后怕地闭起了眼睛。我怒火上头,直接推开覃老师的手,很大声地冲她嚷嚷。

"我和你不一样!你在别人眼里就是玩物!但我不是你随便拿来开玩笑的人!"

这话其实是说给那位领导听的,原本我觉得很爽,但现在却尴尬到了极点。

我在大厅坐了好久,直到同事拿着抽奖箱来问我拿票,我撕了副联将奖券扔进去。同事开始用力地晃抽奖箱,但里面的纸条已经快塞满了,再怎么晃,位置估计也不会有什么变动。我突然听到高跟鞋的动静,扭头一看居然是覃老师,她在玫瑰红的旗袍外穿了一件皮草,婀娜的身姿,雍容华贵,她冲我莞尔一笑,又露出两个酒窝。我赶紧跟在她身后,心甘情愿地当她的陪衬,与她一起步入会场。

年会结束后,我没有去见任何人,而是带着年会大奖,一台笔记本电脑,直接回了家。已经过了12点,但我还是决定点燃煤油灯进入灯境。

一进灯境,视线里就出现了一个遮挡物,是灯泡上挂的一张纸条。

"林友,

我诚挚地邀请你明天去参加金源的银杏果分享会,我知道你擅长写文章,凭借记忆杜撰。但记忆肯定会有偏差,你不可能一边在国旗下罚站,一边再去听课吧!

我拉开你时,被你的胳膊肘连顶了两下,现在已经身负重伤地躺下了。但你们的王老师已经替我惩罚你了,今晚他在山清水秀说了对你的惩罚,你将在国旗下罚站,你要知道拽男生头发,对于一个秃顶的男老师来说是多么大的刺激。你的惩罚将在本周末结束,不过明天就是周五,站一整天,总的来说还算可以了。不过,三年级的你怕是不能亲临'银杏果'现场了,但23岁的你,一定要去看看我未来姐夫的表现。

我们从学校离开后,也托你大打出手的福。一群男生在混乱中彼此掩护,顺利逃出学校,那所谓的叛徒之说,一下就烟消云散了。其实那11个男生揪着金源不放,是以前关系太好的缘故,因爱生恨,差不多就是这个道理吧。

汇报完这些,我想再与你聊聊你的妈妈。虽然我没工作过,但我这几天看你的工作情况,相信职场上的人一定非常不容易,而你妈妈又常年工作在以男人为主的建筑队里,如

{第 5 章}
不想当开心果的银杏果

果她太脆弱,怕是很难坚持下去。你一点都不用为你妈妈的行为感到难过,你应该为她骄傲,她事业上的成功,怕是连男人都很难匹敌。你也不用怀疑她的品行,你的品行就是她的品行。你的暴脾气!强烈的是非观!与你妈妈太像了!你该对她有信心,对你自己有信心!就像我一直对你很有信心一样。"

我一字字地看完了纸条,发现自己已经变成一束光,来到灯泡外面。我看着自己金光闪闪的双手,又看着躺在床上已经熟睡的晴岳,俯下身,虽然拉拽力越来越强,但这样已经足够,就算我是一道无形的光,我也想紧紧地拥抱他一下。

雨岳下班后,就直接去了商场。时间有些早,她想到自己的护肤品快用完了,便先去化妆品柜台添置一些新的。刚到柜台,就看到一位嘴唇微微翘起的售货员,她的样子很熟悉。

"邹雨岳。"

对方先一步喊出了她的名字。

"我是王虹啊,你和金源结婚的时候,我还给你们帮忙去了。"

雨岳记起来了:"你是金源的同学,我记得。"

王虹一脸笑容,眨着眼睛打量雨岳:"你的皮肤真好啊,金源人不错吧,小日子过得挺舒心的。"

雨岳不免后怕,不会又遇上芳芳这样爱谈论别人家事的人吧。

"爱哭的男人肯定心软一些，跟着过日子合适。"王虹故意压低了声音。

"你，你说金源？"

王虹掩面而笑，但又努力克制着："我们读初三那会儿，农村有人过世，不是会绕着马路送葬嘛。那天刚吃过午饭，金源就坐在窗口，看着马路上的送葬队伍就哭了起来。他们那种平时闹得很欢的男生，突然哭起来反而吓人。有人问他哭什么，是认识那个过世的人吗？金源可有意思了，一边说着不认识，从来就没见过，还一边哭个不停。"

雨岳有点搞不清这里面的逻辑，"那他为什么哭？"

"什么不认识啊，当时我们班有个男生和金源外婆家是一个村的，说过世的老头就是金源外婆家的邻居。男生要面子，哭鼻子也不肯承认。"

雨岳有些哭笑不得，在她印象里，金源是个被滚烫油星溅一手臂都不吭一声的人："难为你记得那么清楚。"

"我当然清楚了。"王虹突然变得严肃起来，凑到雨岳耳边，"那时候你弟弟不是出事了嘛，报纸上还登了这件事，那么神气的一个小孩，还那么会读书，我们一个教室都在替他可惜呢……"

雨岳提着新买的护肤品坐在餐厅里，身边是装饰复杂的玻璃窗，金源已经来到店门口了，正盯着饭店的招牌看。服务员迎他进来，手里晃动铃铛，"叮咚"作响，店里不少小客人开心地模仿起这个声音。

"有顾客到。"

其他店员跟着重复着。

{第 5 章}
不想当开心果的银杏果

　　金源谢过服务员,他已经看到雨岳了,笑着向她走来。
　　雨岳感觉身边的一切突然被消了音,除了那铃铛声。"不认识!从没见过!没有回应就当作完全没有发生,掩耳盗铃,你只是不相信他走了,对吗?"

　　　　周五的展示课,我当初确实错过了最精彩的部分。金源带了三个阶段的银杏果来课堂,刚从树上摘下的圆鼓鼓青黄色的果实、放水里泡烂了果皮巨臭无比的果实,以及洗干净的果实。泡烂的银杏果臭味很浓郁,将课桌围成一圈的同学都捂着鼻子,但都兴奋地瞪着两只眼睛。金源居然还带来了煤炉,外加一口小平底锅。金源厨艺那么好,晴岳自然不会放过让他展示才艺的环节。当金源略显紧张地解释完银杏果的摘取过程后,就开始一展厨艺了。他拿出一片亮晶晶的蚌壳,将银杏果倒入锅中后,用蚌壳快速地翻炒起来。当锅内"噼啪"作响时,银杏果也就熟了。金源把银杏果倒出来分给同学们品尝,并告诉大家,不能多吃,吃银杏果有"一岁一粒、七粒封顶"的说法。但一旁一直笑眯眯听课的王老师突然严肃起来:"每人吃两颗就够了,吃多了肚子疼。"
　　原来我印象中银杏果留了很多,而开心果都被吃掉了,不是因为同学们不喜欢吃,而是因为,好东西不能多吃,好东西得让王老师带回家。
　　在分享果实时,我看到王老师对着一个男生的耳边嘀咕了几句——就是那位被我结结实实揍了一顿、嘴角还青了一块的男生。只见他马上离开教室,我跟着他从二楼下去,跟到廊道处,就不能再往前了,靠近旗杆的地方没有灯,但我远远地看到男生从口袋里拿出偷藏的果子,一把塞到我手里，然后快速地跑掉了。我看着慢慢往回走的8岁的我，剥开一颗果子，停下来看了好一会儿，才放进嘴里，细细地咀嚼。

此时晴岳就趴在二楼的阅读室窗口，平静地看着这一切。

秋日的阳光从他肩头拂过。"阳光真好。"我忍不住说道。

晴岳听到声音动了动脑袋，问："上完课了？金源表现得怎么样？"

"他是最适合当厨子的老师。"

晴岳咧嘴笑了。

我看着他明媚的笑容，心里不由一动："主编说我写不出作品是因为没有找到强烈的内驱力，但……我现在好像找到了。"

"你在想什么？"

"还记得棕背伯劳那次吗？你能跟着鸟儿一块儿飞，而我变成了太阳光。"

晴岳在窗口坐直了腰背。

"我想到要写些什么了，我或许可以写一篇比《鸟笼国》更有意思的文章，还有两个年级的时间，我得试一试。"

雨岳躺在床上，凑着床边的台灯，三年级结束后，本子上所剩的内容就不多了。金源翻了个身，发出轻微的鼾声。晚饭桌上，雨岳提起王虹。还没说什么呢，金源直接来了句："那个红桃K，她还没成为有钱人吗？居然在混柜台？"

"你干吗，人家挺客气的！"这个回答一下让雨岳忘了主题。

第 5 章
不想当开心果的银杏果

"红桃 K 那个家伙,以前在我们班就是神婆,准确地说是会做生意的神婆!下了课就拿块橡皮切啊切,召集一堆人在那儿讲故事,还批发了一堆文具用品,老师有时还问她买呢。结果这家伙还模仿漫画情节!"

雨岳直摇头:"你们到底看了多少漫画?"

金源说得眉飞色舞:"红桃 K 在本子上写,胡老师在上下午第一节课时,下楼梯会摔断腿。"

"老师真是个高危行业。"

"结果胡老师当时买了那本笔记本!一翻开,简直晴天霹雳,气得冲她大吼起来!但胡老师下课时真扭伤脚了,红桃 K 因此名声大噪,你不知道吗?当时很多人问她买文具用品呢,我以为以她的经商头脑,现在早该成大老板了……"

雨岳收起本子,看了眼手机,已经快 12 点了,但她心里还是在琢磨:"2013 年是三年级,2014 年二年级,那今年是 2015 年。"雨岳又看了看音乐剧的门票,"林友,你到底想做什么?"

第 6 章

无关紧要的问题

DIANDENG
XUNJING

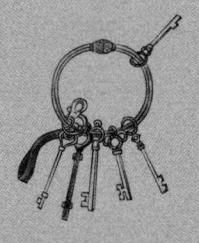

（六）无关紧要的问题

2014年初，才过完新年，妈妈就住院了。年前她因为腹痛，去医院检查，医生说她是子宫肌瘤要动手术。这是一种女性的常见疾病，但我妈一听要动手术，就有些慌了。

年节时，姨婆与我们一同吃饭，饭桌上拉着我的手，说在医院的电梯里遇到独自去看病的妈妈，我妈一见她就哭了，真是吓坏了她，所以姨婆一再提醒我，务必多陪陪我妈。

我本就一直在考虑文章的事，担心耗时间影响工作，现在妈妈又要动手术住院，我干脆就辞了工作，决定等忙完这些事后再作打算。我妈这回倒也没说什么，她或许真有些怕了，只是在我面前依旧绷着脸不愿表现出来而已。

在她被推进手术室前，我还觉得她强悍得不像个病人。但当医生给我看从她腹中取出的两颗血珠子，看着她面色惨白地躺在病床上，我才第一次觉得她生病了，她虚弱的样子让我非常陌生。

我陪着她一起住在医院，以我俩不高的亲密度，很不适合住在同一间小小的病房里。虽然这些年通过灯境，我开始明白她在百忙之中还是想尽办法陪在我身边，用心良苦，但我们的相处时间真的太少了，我甚至不懂怎么在没有话题的情况下与她共处。那是一种令人难受的尴尬，我们需要一部时刻都在发声的电视剧做背景音。我更是借口打水，或是买水果，时常在走廊上晃悠。晚上陪夜睡不着，我就一个人下到一楼，坐在椅子上，看着零散的病人，听着楼里越来越清晰的回音。那几天，我觉得我的时间都停滞了，那是从小到大从未有过的感觉。我茫然地看着楼外的漆黑，难得过来一辆车，车灯恍惚，我突然想起了煤油灯！

我从行李箱里翻出包裹严实的煤油灯，将它放到我妈的床头。她有些意外，我微微转动了些角度，让她能看到煤油灯上的裂缝。她微张开嘴，又轻轻叹了口气。

"你认识吗？"

"当然，一看到它，我就想到了你外婆，我的妈妈，亲妈妈。"

"我明白。"我在病床旁坐下，听她用比往日慢了一倍的语速说话。

"这盏煤油灯是嫁妆，女子出嫁，妈妈将一份你从小就熟悉的东西给你带在身边，这样陌生的环境也就没那么可怕了。可是你外婆还没来得及将它交给我，我就结束了那段关系，还有了你。那时我才20岁，脾气更像你外公，急躁好胜，开始是一团心火，结束也就一刹那。可你外婆，一直希望我能像个普通女人一样生活，相夫教子。我知道她一直对我很失望，怀着你的时候，她还不止一次地对我说，别是个

{第6章}
无关紧要的问题

女孩才好。但如果你亲外婆还活着,她也一定会很疼你……"

"我无所谓。"我有些故意地打断道,"我有外婆,但你后悔吗?"

"生下你?我从不后悔。"我妈难得那么认真地盯着我看。

"那你现在的生活呢?"

妈妈轻轻摇了摇头:"我不确定,没动手术前不觉得后悔,只觉得那样的生活我不喜欢,我有很多值得我忙碌的事。但现在,觉得身边有个人陪着,也是件不错的事。但我不是个感情用事的人。"

"我知道。"

"那种吵吵闹闹的人情世故,我很不喜欢,我觉得没有意义。可是林友,我不是要教你怎么做,我给不了你什么建议——什么样的人生是不会后悔的,什么样的感情是不该错过的,你不是读书的时候了,你大可自己去做选择。"

我替她擦去眼角的泪水:"谢谢你能这么说。你已经做得很好了,我一直都知道我有个很厉害的妈妈,我很怕你,但更爱你,你让我觉得骄傲,我一直想告诉你这些。"

妈妈将湿润的脸颊压在枕头上,我们从没对彼此说过这样贴心的话。

结束煤油灯的话题后,我又坐在住院楼一楼发呆,妈妈对煤油灯的回忆,都是再温馨再正常不过的内容,它不带有任何灯境,它只是一个普通安静的物件。我并没告诉妈妈煤油灯有什么奇妙之处,也试着用我的方式去理解这一段段灯境。它只是一盏灯,陪伴在家人身边的灯,但不同的时代,陪伴方式不同,就像妈妈和外婆,我指养育我长大的外婆,她们陪伴我的方式都不一样,所以煤油灯也在用它的方式来陪伴我吧，我只能这么理解。

我长时间的思考被一阵敲击声打断，一抬头，居然看到张鑫站在窗外。他手里夹着一支烟，有些意外地看着我，我们都没想到会在医院遇见彼此。

原来张鑫的爷爷住院了，就是那位经常把鸟笼忘在大林寺的老人。张鑫白天工作，晚上过来探望，但我们还是第一次遇到。我们坐在一楼几乎空了的休息室，谈论彼此的情况。我没法问他万祎的事，他也很少在网络上发布这些内容。我们便聊聊家中的病人，以及心里的担忧，时间也就静悄悄地过去了。

"好像我们都没真正地谈过。"

话题快到尾声了，张鑫突然冒出这样的话。

"我一直认为你很有自己的想法，不需要操心，但一操心……"

"我们就会吵架。"我立刻给出最标准的答案。

我俩都忍不住笑了。

"是不是我们多花点时间，就还会在一起？有时候我回忆我们大学的那段时间，好像交集很少，虽然说是男女朋友，也就一起吃过几顿饭，一起看过几场电影，我们在一起的时间太少了。"

张鑫这么说，不免让我有负担，但又觉得这一刻或许是为我们的关系画下句点的最好时机："其实我妈这几天一直在看古装剧，很搞笑吧，看宫廷里的那些妃子斗来斗去的。"

张鑫有些奇怪地看着我，不明白为什么我突然提这个。

"你以前好像说过这样的话，女主一开始性格太强硬，所以皇帝不喜欢，后来才慢慢懂得变通，性格也柔和起来，

{第6章}
无关紧要的问题

也讨人喜欢了。"张鑫应该也没怎么看过那些电视剧,只是大学那段时间宫廷剧太火,听多了,也发表一些自己的观点。

张鑫也记起来了:"你当时听了像看怪物一样看着我,可我有说错什么吗?性格温和一点,肯定是好的,况且你比我小,我是希望我能照顾你。"

"可我能照顾我自己。"

张鑫又露出熟悉的无奈表情。

"我妈看电视剧里妃子对皇帝低声下气的,她就在那里嚷嚷,干吗要那么说话!不就是上个朝嘛,现在谁不要上班呢!我和我妈性格很像,不能说这有多好,或是有多坏。但我一直觉得谈恋爱比工作难,我的棱角太多了。"

"可能相处时间久一点……"

我冲张鑫摇头,"如果让你回忆你小时候,你是会记住发生的所有事情,还是只有那几件事?"

"几件事吧。"

"那谈恋爱也是一样,其实就是几件简单的事而已,数量没有质量重要,可能不是对每个人都是这样,但我和你的性格非常像,我想我们是一类人,在一起是这个原因,分开也是这个原因。"这些大道理的话有一些打肿脸充胖子的成分,这一点我必须承认。我知道张鑫不可能再服软一次,但我心里一点都不觉得可惜。在一起时的烦躁甚至是愤怒,完全大于当下的一点点心动。

张鑫靠在椅子上,低着头思考了很久,最后沉声问我:"林友,你现在是有喜欢的人了吗?"

张鑫的这个问题让我有些不知所措:"我……其实搞不清喜欢一个人到底是什么感觉。好像一直都是错的,我总是很愤怒，认为喜欢一个人该出于某个具体的目的，或是具体的预兆。"我注意到张鑫微微抬了抬头，"可能顺序就不对吧，喜欢一个人也没有那么复杂，我现在还是说不清这里面的道理。不过张鑫，我是真的希望你能过得幸福，找到一个真正适合你的人，这样作为同类人的我，才有信心幸福。"

我想张鑫释然了，我的内心也是，就算我们对感情这件事还是没找到标准答案，但我们认真地握了握手，像朋友一样，从此，关于我们的分手，就算彻底说清了。

一周后，妈妈出院了，我们继续回周正村的房子住下，她继续调养身体。我妈不爱谈论家长里短，但她为人公允，意外地深受家庭主妇的爱戴，一在家，村子里的阿姨婆婆都爱来我家串门，有她们分散我妈的注意力，我便能脱身在周正村闲逛，看一看曾经熟悉的风景。

当年的周正村小学已经成了一家棉纺厂，据说由于现在生源越来越少，连镇上的中心学校都面临合并。村子也不像我小时候那样热闹了，白天几乎很难在村子里看到年轻人。我花了好几天，逛遍了周正村的边边角角，还付费爬了山，一切都了然于心，唯独对大林寺门口的那段石阶——这段道路的构造，始终让我觉得费解，好好的双向两车道，中间硬是添加了一段台阶。我踩着台阶慢慢往上走，曾经外婆在的时候，都是她率着我的手，陪我走这段路，或许……我该从这段路里悟出些什么。

随着妈妈说话的中气越来越足、语速越来越快，并且开始不断操心我失业的状况时，我认为她已经恢复得差不多了。急躁好胜的人一旦复原，是件非常可怕的事，为了不让好不容易建立起来的和睦关系消失，我觉得是时候各忙各的

{第6章}
无关紧要的问题

了,但这回我们不是撒着气各奔东西,我向妈妈简单说了一下自己的安排,我准备参加一个小说比赛,获奖的作品很有可能被改编成影视剧。等忙完这个比赛,我就立刻工作,回到工作岗位上去。为了表示我的决心,我当初租住的房子一直没有退,我会去那里写我的小说,写完小说后会继续留在那座城市工作。妈妈还算满意我的安排,虽然还是不怎么相信写作能糊口,但已经不再多言,只是提醒我,年纪差不多了,也该考虑一下个人问题。我多盯了她两秒,她就摆着手说道:"随你好了,这种事情想想也挺烦的。不过不结婚,能有个孩子也挺好的。"我不想再听我妈的任何"歪理",收拾好行李,出发了。

但是,我并没有立刻回我的出租屋!就像小时候与妈妈吵了架,还不忘买点炸串在路上吃一样。我带着积攒了一年的工资,外出旅游了。

旅游抵达的目的地,都是我读书时动过念头想去看一看的城市。我就像"打卡"一样,不带任何评价,只是单纯地去欣赏这些陌生的城市。到了之后就看一些想看的风景,吃一些想吃的食物,在每个城市基本不超过三天。一圈晃下来,已经是4月份,我当时所在的城市,离一个地方很近,那就是沈群锋的民宿。

沈群锋对我的到来又欢迎又惊讶,看到我的背包和行李箱,一再问我是不是离家出走了。

"我离家出走很多年了,已经工作了。"

沈群锋感叹时光飞逝,距上次见面已经有三年时间,我们并没有太大的变化,倒是他民宿的建筑面积明显比三年前翻了一倍,但这三年中造出的房子,理应能看出些新旧,不过民宿给我的感觉却像一个整体,不像我旅游时看过的一些公园景点,以前造的和后来造的,完全是两个光景。沈群锋一脸骄傲,说民宿的整体规划都是由他的父亲负责的,他父亲本就是建筑学院的教授,虽然退休了,但宝刀不老。民宿建在这样依山傍水的地方,教授最强烈的想法就是希望建筑不要抢自然的风采,最好是能隐匿在山中。带着这个初衷,不管是先造的民宿还是后造的,用的都是回收来的材料,这些材料都与山水一样会呼吸、有生命,具有一定的年纪,所以组合起来才让一切看起来那么融洽。

我步入其中,有种回家的舒适。我在沈群锋的民宿住了半个月,他不肯收房费,我便每日替他打工。沈群锋的性格和这座民宿一样恬静。他甚至都没问我一句,为什么不上班,只是每日交给我一些力所能及的工作,然后就去忙自己的事。等晚上客人散去了,便和我一起坐下来吃一些简单的晚餐、看看窗外的夜空,我从没觉得内心那么平静过。手中的笔,也在这半个月里变得格外顺畅。

我几乎每天都和沈群锋一起去菜场采购,包括离开民宿的那一天。

那是一个无比热闹但毫无秩序可言的乡间菜场,摊位就分布在一个钟楼的两边,而钟楼内部是一个类似居委会的功能区,吆喝声四起,吵吵嚷嚷。

"这个钟楼,是一个古建筑,很有些年头了。"沈群锋指着这座完全被菜场抢去风头的建筑。

不光是混乱的地摊,还有各种违停车辆,甚至是违章建筑,都肆无忌惮地出现在钟楼的两侧:"为什么不管一下呢?"

{ 第 6 章 }
无关紧要的问题

"有位很有名的建筑师,说过这样的一个理念,违章建筑其实表达的是人的实际需要。我和你一样,一开始对这里不熟悉的时候,觉得这些摊位真是碍眼,甚至还会设想,如果没有了这些乱七八糟的东西,这座钟楼是不是就能展现出它真正的魅力。但后来发现也不是,如果没有这么多人围聚在一起,这座钟楼还会有人在意吗?我们嫌这些人太吵,有伤风雅,可这些人或许就是,凤凰身上的羽毛。"

我看着沈群锋,忍不住想笑:"你说话思想境界还挺高。"

沈群锋也笑了:"你一定听得懂。"

"你是想让我不要逃避社会吧,再好的东西,脚下都会有阴影。你着急的方式比我妈委婉太多了,也太像外婆了,她也是这样,就算很担心,也从来都不说重话,每次都小心翼翼的。"

沈群锋微笑着,继续用他慢条斯理的语气说话:"我当年去见她,她把你写的文章给我看,告诉我你是个很会写作的孩子。那时候我就在想,如果我一直跟在她身边,她会怎么向别人介绍我呢?其实我很高兴你能来找我,你是她带大的,我好像能从你身上感受到一些她的影子,血缘真的很奇妙吧。"

我自己都没明白为什么会来找沈群锋,但经他这么一说,我觉得自己可能真是嗅着血缘的味道找了过来,我也能从他身上找到外婆的影子。

古老的钟楼发出沉重的钟声,庄严又肃穆,我仿佛听到了催促我赶紧将文章写完的声音。

"离开前还要麻烦你一件事。"

沈群锋一脸平静地听着。

"你和外婆有血缘关系,所以思来想去,这段内容好像也没人比你更适合读了……"

回到城市,我一边写稿一边回忆,回忆关于晴岳和煤油灯的一切,并拿出一个本子,就是这本橘粉色的练习册,它藏在我周正村的家里很久了。当年我读初一时,学校里有个很神叨的学姐,非常热衷于做生意。她总会赋予她的商品各种神奇的功效。这个本子当时被她称为"问题之本",据说只要把自己的疑问写在上面,读过的人就能得到答案。当时我买完就后悔了,这种骗人的把戏不知怎么就把我忽悠住了。但多年之后,我好像有点故意在赌运气。按照晴岳的习惯,我在这个本子上从后往前,写下了已经发生的灯境故事。我不是要将晴岳的事写成小说,我是希望能创作一把"钥匙",而这把"钥匙"能帮助我打开灯境的大门,让我真正进入灯境。但在开门之前,我得先寻找到那扇门的锁芯。

把这几年的灯境故事写完后,我就开始一遍接一遍地从头阅读,终于发现了一个问题:晴岳从没告诉我,为什么要拿我的煤油灯。我不认为他只是出于好奇,看到一盏被人忘记的灯就顺手拿走,之前我忘了问,他也从没告诉过我。

我找了一个上午,9点左右的时间,在房间点燃煤油灯,朗读二年级的内容。

"二年级,无关紧要的问题

二年级的数学期末考试,全区统考,那是我遇到的最有意思的一场考试。题目并不难,但我第一次看到从别的学校来的监考老师,她短短的头发、白白的皮肤,非常漂亮。除了漂亮之外,她的脾气还非常好。二年级时,很多题目都会

第6章
无关紧要的问题

出现我们不认识的字，监考老师提醒我们，不认识的字可以问她。每当一个同学提问，她就会将那个生字写在黑板上，然后用红色粉笔在上面标上拼音。不论谁问，她都好脾气地回答，然后转身写在黑板上。

我早早就做完了卷子，但看着同学们一个个地问生字，无论如何我也得挑一个出来。我便问了应用题上最无关紧要的一个字，看不懂也不会影响做题。但老师来到我身边，她很耐心地告诉我该怎么读，然后将那个字写上了黑板。

那种又激动又兴奋的感觉，比我做出一道大难题还要令人高兴。"

我之所以得想好了再进灯境，是因为二年级很有可能只是一场数学考试的时间。

读完后，我开始慢慢进入灯境，视线里出现了一片片雪花。我看到晴岳踩着脚站在路灯下，路面上已经有很厚的一层积雪了，气温应该很低，幸亏他手里还抱着一个小暖炉。

"晴岳！"

晴岳吐着白气抬头看我："呀，好冷啊！"

我看了看周围的环境，是在周正村的小学门口，这个时间，小学中学都应该在进行期末考试。一下雪，显得特别安静。

"时间不会长，你忍一下。我把小说写出来了，是个中篇。"

我将小说的内容告诉晴岳，名字叫《第一次告白》，是一个回到过去、向神祈求让男主角复活的故事。我向晴岳简单说明了整条线索，晴岳却问我写这篇文章的目的。

"你是为了打开灯境，特意写的？"

"也是为了参加一个征文比赛,但比赛结果我无所谓,我只是为了模仿写《鸟笼国》时的情况,当时不也是为了一个征文嘛,那这一次情况也一样。"

"但你的《鸟笼国》获奖了。"

我不明白晴岳的意思。

"我觉得《第一次告白》没有《鸟笼国》好,既然你要模仿以前的情况,那就把这篇文章写得更好一些,让它有实力去获奖。"

"哪里不好?"

晴岳用手里的小暖炉贴了贴脸,继续说:"《第一次告白》讲的是女主角完成了神的任务,男主得以复活。"

"这不好吗?"

"林友,我记得你说的话,你说一本小说去满足读者的期待,是再正常不过的一件事。这是对的,也很好。但是如果一个作品,它加入太多主观的想法,我认为太自我的作品,是回不到现实的。"这话我一时听不懂,"我了解你的性格,你对一件事的看法,有些非黑即白,但有时候事情没有那么简单,它应该有很多灰色地带,而这些灰色地带恰好能让你的作品更精彩,你觉得呢?"

"你认为这个文章不有趣?"我不知道自己问得对不对。

"我觉得你太在意结果了,你可以试着不要把我带进你的这篇文章,别为了我去设定情节。"

我想让晴岳复活的心思,可能在文章中表现得很明显吧。我太希望《第一次告白》是个好结局了,这样当它与晴岳的情况融合在一起时,或许能对生与死起到缓冲作用,但他始终比我理智太多。"你能回答我一个问题吗?别因为改

第6章
无关紧要的问题

变不了已经发生的事,而故意瞒着我。"

"你说。"

"你当初为什么去拿我的灯?真的就是因为它放在那里,你觉得它被人忘了?"

晴岳思考了好一会儿,周围的白雪变得更加刺眼了,才若有所思地说道:"是因为它在喊我。"

"喊你?"

"就像现在一样,我觉得一盏灯在和我说话,是它把我喊过去的。"

四周的光线开始变得更加刺眼,空白与白雪融成一体,看来二年级的灯境不是一场考试的时间,而是问几个生字的时间。

二年级的灯境结束了,连半小时都没到。我看着摇曳的火光,将与晴岳的对话在脑子里过了好多遍,我只想着能进一年级的灯境,能变成自己,可现在依照晴岳的说法,煤油灯在呼唤他!难道我还能拥有打开更里面那道门的钥匙?我还能回到初一那段时间?

带着这个想法,我开始了改稿。我一直在思考"太自我的作品,是回不到现实的"这句话。要完成一篇文章得多矛盾,明明是自己在创作,却不能让作品随心所欲。我纠结了好长时间,直到有一天写稿写得一头热时,听到房东在与隔壁的房客吵架,似乎是房客把房间的格局重新规划了,多划了个房间出来,租给别人。这有悖于合同的约定,房东要房客整改并赔偿,如果不同意,会将房客告上法庭。我一下就明白了,我一方面希望《第一次告白》能像沈群锋的民宿一样具有融合性,这样就能帮我打开一年级的灯境,而另一方面又固执地把我想要的东西硬放进去。我不该去控制它，就像我也控制不了灯境故事的发展一样。我该去听一听人物想要的发展方向，男女主角也好，神也好，我要做的，不是去刻意制造一把钥匙，而是应该让这个故事顺其自然地发展，让它拥有像真实事件一样的生命力，而钥匙，想必在那时候会以各种形式自动出现吧！

我将《第一次告白》进行了重新编排，主角保持不变。而我不断询问自己，失去爱人的女主想要什么，而神又会做什么？终于，我在7月底，用年会大奖——那台笔记本电脑，将《第一次告白》一字字敲了出来。

我将稿子投了出去，一个月之后好运真的来了，《第一次告白》不仅获得了比赛的一等奖，还将被改编成音乐剧。我还没有完成剧本的能力，主办方便邀请了专业的编剧团队，剧本出来后，我认为《第一次告白》的精髓被完美地保留了下来。

《第一次告白》的女主角定为王蒙莎，这是王蒙莎在看完剧本后自己的选择，她非常努力，也是个很有发展前途的新人。我们经常坐下来一起讨论剧本，她说一开始她觉得《第一次告白》是个爱情故事，但排练了几次后，觉得更像是一个在探索自己的故事。

邹雨岳，给你寄这个包裹很唐突。我去年在家，就记下了"山清水秀"的地址。我心里一直犹豫，是否要将这件事告诉你与邹老师。我这样的行为，无疑是在打扰一位逝者。可是就像我一直感觉到的，灯境太真实，我完全不觉得晴岳已经离开了。我想你们应该也很想念他，所以我才把这个本

{第 6 章}
无关紧要的问题

　　子寄出，起初我是想寄给邹老师的，但考虑到长辈可能很难接受这种不可思议的事情，我决定还是寄给你。我想通过记录的方式告诉你们，晴岳的生命得到了延续，只是因为灯境的限制，我没法让你们一起去见他。

　　晴岳真的是我遇到的，最明朗最聪明的男生。如果他还活着，肯定能以他的方式生活得很好。或许是之前 5 次的灯境给了我奢望，我不止一次地想，如果我能进入灯境，不仅是小学一年级，还有初中一年级，一些伤心的事，是否就可以被阻止。这样的想法，在我心里反复了太多次，所以很抱歉，我始终要去打扰他，我不想放弃任何一丝希望。

　　《第一次告白》的首场演出将在 2015 年 5 月 1 日举行，我一直等到门票印发才将它们连着笔记本一并寄给你。如果你愿意，可以和金源一起来观摩一下，我也会在那天，点燃一年级的灯境，希望它能如我所愿。

　　我希望《第一次告白》能成为钥匙，而反复琢磨后发现，我要的不是一把，而是一串。

　　（完）

　　祈福日是在 5 月 2 号，也就是后天，晚饭过后，金源和雨岳便前往大林寺，祈福日白天用的斋饭，虽然是由寺里准备，但金源还是和往年一样，先询问一下寺里缺的东西，到了那天也会过去帮忙。

　　金源忙完后，发现雨岳不知去哪儿了。找了一圈，刚要打电话，雨岳却从竹林边的长廊跑过来。

　　"我以为你先回去了。"

　　"怎么会。"雨岳挽过金源的手，"明天晚上，我们一起去看场音乐剧。"

金源以为自己听错了："你说电影吗?"

"舞台剧,现场表演的那种。"

"这么高雅,是枪战片吗?"

"是格斗片。"雨岳装得很一本正经。

"真的假的!"

雨岳笑弯了腰,金源却见她眼睛里亮闪闪的,问："你这是笑出眼泪了吗?我对唱歌跳舞没兴趣的。"

"去呗去呗!我同事也有票,她要见我一个人去,又得好奇了。"雨岳的眼睛发着光,又有些红红的。

"可明天晚上很忙的,要提前准备……"

"爸妈会替你准备,我已经帮你说了,肯定不会耽误祈福日的工作。"

第 7 章

第一次告白

DIANDENG XUNJING

2015 年 5 月 1 日，晚，6 点 55 分。

剧场已经开始播放演出时的注意事项，交响乐团也在舞台前方做好了准备。黑色幕布后，工作人员正从舞台上退去，王蒙莎穿着长款格子外套，脱了皮鞋，紧闭双眼，静静地站在冰冷的地面上。这是她从开始演第一场音乐剧就养成的习惯。

容纳千人的剧场逐渐安静下来，指挥棒滑动，音乐声响起，王蒙莎睁开眼，她能感觉到一个关切的目光在左侧徘徊，侧过头，一位留着长卷发的女生，向她露出笑容，那是林友，这场音乐剧的原作者，王蒙莎冲她微微点头。

林友转身走进舞台后方一个用布帘围起来的小空间，这里能清晰地听到舞台上的每一个音符。她在一张布躺椅上坐下，点燃摆在道具箱上的煤油灯，灯里灌足了灯油，"突突"地燃起了火焰，煤油灯的油盖上，有一条弯弯曲曲的裂缝，裂缝四周翻起的细碎铁皮，都呈现出聚拢的趋势。林友打开手机，将沈群锋的一段录音，对着煤油灯播放：

"一年级，看不清的石阶路

点·灯·寻·境
DIANDENG XUNJING

"我从小最喜欢大雾弥漫,以至于到了一年级,对他人的印象以及对书本的记忆,还都是雾蒙蒙的。直到一年级的那次祈福日,走了一趟石阶,感觉才有所变化。

"祈福日当天,村里邀请了唱戏艺人来搭台表演。我与一群小伙伴完全没有耐心坐在观众席上,总是冲去后台,看那些脸上被描成'花样'的艺人,朝我们瞪眼睛、甩胡子……"

"哇!哇!"

大胡子艺人不断冲眼前的小孩做鬼脸,每一次都能把这些孩子吓得往后退。但依旧有胆大的孩子冲上前,敏捷地拽一把他的胡子。

"鬼丫头!"

成功拽到艺人胡子的林友,心满意足地跑出后台,从舞台一侧的楼梯上往下蹦。两位年轻叔叔轻松地扛着方桌,看到林友,大喊了一声:"开饭喽!"

林友踩着下了一半的楼梯又折了回去,艺人总是提前开饭,这样在村民用餐时,他们就能接着表演了。

林友清了清嗓子:"吃饭了,吃饭了!"

她进入灯境了,虽然控制不了自己的行为,但像四年级时那样,拥有意识,能说话。好几个婆婆端着放满冷菜的托盘过来,林友偷偷喊了几声晴岳,和之前一样,完全没有回应。

脱了戏服的艺人从后台出来,欢闹的孩子又围到了桌前,好脾气的艺人会拿一些冷菜分给孩子,但大多数艺人只顾着自己吃,生怕多理会他们,会让他们吵个不停。

第7章
第一次告白

"林友,你外婆喊你呢。"

一个同村的伙伴挤进人群,林友往嘴里塞了一颗红枣,有些不情愿,走的时候还拉着其他小孩的胳膊。林友给7岁的自己配音:"我一会儿就回来。"

艺人吃饭的空当,各种预备工作也准备得差不多了,外婆会趁这个时间,先带林友去大林寺走石阶,因为等会儿吃过饭,所有女同胞都要帮着收碗洗碗,没工夫管孩子。

外婆总说,林友之所以对所有事情都懵懵懂懂的,是因为年龄太小的缘故,只要长大了,一切都会明了,所以每年都会拉着林友走石阶。"走一趟就大一岁",这是外婆的理念。

周正村对祈福日的重视几乎超过了过年,林友现在有些理解,但小时候比起跟着外婆去走石阶,自己更想和小伙伴一起玩。所以现在,外婆非常用力地拉着林友的手,生怕一松手,小姑娘又跑掉了。

林友心里还有一些7岁时的不情愿:"外婆,我平时一直走。"

"不一样,祈福日这天的怎么会一样呢?每年走一趟,他们才知道你又大了一岁。"

"他们是谁?"

"那些关心你的人,都在天上看着你呢。"

外婆拉着林友走过一个古老的牌楼,再往前两步,就是石阶了。

"可僧人还在点灯呢,我们等会儿再来呗。"林友努力说着7岁时会说的台词,僧人正依照顺序,从下往上依次点燃煤油灯。

"那就等一等,耐心一点。"

7岁的林友不再啰嗦，记忆中的朦胧，并没有真的出现在眼前。一切都非常平静，天空布满了殷红的晚霞，天气也温暖舒适，空气中还飘着淡淡的香烛味，都与林友此刻的心情形成了鲜明的对比。之前五年级的灯境，林友是作为一盏灯，将《鸟笼国》说给晴岳听，才让灯境和故事发生互融。但现在，林友没法找到晴岳，更没法将《第一次告白》这个故事大声说出来，她只是在赌自己的运气，自己的意识已经出现在灯境里，是不是也算身处灯境之中，是不是出现在她意识里的故事，也能好运地和一年级的灯境相融。

林友耳朵里一直回荡着剧场的音乐，悠扬的小提琴声里始终潜伏着一只"怪物"，林友正等着这只"怪物"苏醒，盼着它幻化成一把打开灯境大门的钥匙。

一声剧烈的刹车声⋯⋯

林友心中一动，抬起头，远处飘起了若有似无的雾气，"起雾了。"

刹车声打断了所有美好，舞台上的男子闻声倒地，音乐变得缓慢且沉重起来。雨岳紧盯着从舞台一侧走出的王蒙莎，她所饰演的角色是28岁的陶樱，普通的公司白领。而刚刚出了车祸、躺在舞台上的是她的男朋友陈俊浩。他们站在舞台两端，将场景一分为二。陈俊浩正被救护车带走，而陶樱在得知这一切后正用歌声唱出心中的悲伤。

当陈俊浩完全撤出舞台，整个舞台光线聚拢，一束光从

第 7 章
第一次告白

舞台上方洒下，陶樱的悲伤令人动容，歌声里都是她与男朋友的点点滴滴。而舞台的黑暗里，出现了一些并不清晰的玩笑、打闹的身影，那都是王蒙莎与男友的回忆。正当所有观众都沉浸在她的悲伤之中时，舞台的另一侧，也打下一束金光，是大众心中熟悉的神的模样，他听到了陶樱的伤心，说可以给陶樱一次机会，让她带着对男朋友的爱，回到过去，改变过去……

  眼前的白雾越来越浓重，很快就只能看到石阶两侧亮起的点点光亮。林友感觉自己的右手松了，原本站在她身旁的外婆，已经不见踪影。
  她有设想过这种情况，如果自己的意识和行动都进入7岁的自己，其实一定程度上是抹去了一年级灯境的主角，一个场景连主角都没有了，也就代表这个灯境该消失了！但至少她拿到了第一把钥匙，她可以控制自己的行动了！
  林友看着越来越浓的大雾，它们变得洁白而结实。她深吸一口气，开始顺着眼前已经模糊的石阶往上跑，一年一岁，那她要长六岁，才足以拯救晴岳……

关于回到过去怎么拯救陈俊浩，神提出一个条件，陶樱必须在过去让陈俊浩主动向她表白，并且这个表白必须是在对方第一次提出时，陶樱就立刻地答应下来。陶樱和陈俊浩从小学起就在一所学校读书，但一直到了大学，陶樱主动向陈俊浩表白后，这才成就了这段感情。但神一再说道，要挽救陈俊浩的生命，陶樱必须答应陈俊浩主动的第一次告白。

神让陶樱选择一段以前的时间。陶樱沉思后说道："初一。"

舞台后方巨大的时钟，开始倒着走，时间开始倒流。一群身着校服的学生正在舞台上上课，陶樱就坐在其中。她用清唱的形式唱出自己的情况，她回到了初一，会牢记让陈俊浩主动向她告白的任务，她有信心，认为喜欢是相互的，陈俊浩一定能感受她的情感。这时扮演陈俊浩的男生从教室外经过，帅气的男孩让所有女生都芳心大动，陶樱顿时有点丧气，喜欢是相互的，但暗恋却是单方面的。初一的她不过是一只丑小鸭，想要引起陈俊浩的注意会是一个无比艰巨的任务。

正当陶樱灰心丧气时，班里有个男生拿着一把小纸团唱了起来，他叫王一诺，是陶樱的同班同学，他们从小学起就一直在同一个班，他早就喜欢上了这位内向却优秀的女孩，总想用捉弄她的方式引起对方的注意。王一诺不断将手中的小纸团扔到陶樱身上，但对方毫无反应。最后他直接将一把纸团都扔了过去……

  雨滴突然"噼里啪啦"地从天空掉落，林友正顺着台阶不断往上跑，这段石阶完全超出了它的原本长度，但林友不敢停下，只能拼命往前跑，身边的雾气在渐渐散去，光线也变得昏暗起来，她能感觉到每块台阶都在往下沉，雨水也让它们变得越来越湿滑，每跨出一步都比之前更加吃力。

  眼前的雾气完全消散了，林友看到石阶的尽头出现了一栋房子，那是周正村最常见的二层小楼，门窗都紧闭着。林

第7章
第一次告白

友突然感觉双肩变重了,不知何时自己背上了一个书包。林友又摸了摸口袋,里面居然有一串钥匙。她跑快两步,终于在屋檐下站住,一回头,来时的石阶路正被黑暗一块块吞噬,最后只剩下六盏煤油灯飘浮在黑暗中。林友低头擦了擦汗珠——也可能是雾气凝结的水珠,忽然发现自己的头发从两耳边垂下!

林友伸手一摸,长发!两把马尾!

这和预想中的不一样,林友不知在心里排练了多少遍,进入灯境,回到初一,回到那个伤心的还灯日。她一定会控制脾气不与妈妈发生争吵,这样她不会被呼巴掌,不会迟到。她已经想好了到时要送晴岳回家,不会让他随便倒在哪个角落里,她会让悲伤没有发生的可能,但现在——两把马尾!初中时的她一直都是短发。

林友无奈地拿起钥匙,随便挑了一把,直接就打开了大门。一进屋,就看到左手边,大厅的一侧,有一扇玻璃窗,窗外是一棵广玉兰。林友没法不注意这扇窗,因为其他的窗户都被黑暗霸占了,只有那扇窗,透进些许光亮。林友在昏暗的房间里找镜子,她得看看自己到底变成了谁!大厅的长桌上就有一面,她拿着镜子来到窗下,但镜中照不出人的影像。林友想到了身上的书包,翻出里面的课本。

"初一(2)班?"可是名字的位置是空的,"回到初一了,这把钥匙是让我猜自己是谁吗?"

林友听到窗外传来窸窣的声音,雨停了,一缕阳光直接投进了玻璃窗,林友一伸手便将那缕阳光握进了掌心,

"关上灯光

许那玻璃青窗

投进一缕微光

轻抚我的心殇

留下迷人阳光"

林友很自然就念出了那几句话，她将窸窣的声音听仔细了，并不是雨滴掉落的响声，更像是翻阅纸张的动静。林友想起来了，刚才这几句话是方彦雪当年写在报纸上的诗，灯境是由文字构成的，林友毁了自己一年级的灯境，这是跑进了方彦雪的小诗……

陶樱不断用歌唱的方式，描述她与陈俊浩偶遇时的心情，上学路上、学校走廊，她开始通过制造偶遇在陈俊浩心中留下印象。

舞台上，陈俊浩走在前方，陶樱偷偷跟在后面。陈俊浩不时回头看，陶樱又有点躲躲闪闪，而陶樱身后还跟着王一诺。黑暗中出现很多细碎的声音，他们是起哄的同学，学生时期的朦胧感情是迷人又引人八卦的主题。

这时候舞台灯光暗了，一缕光从舞台上方打下，神出现了，他似乎在海边度假，身上还滑稽地套着一个游泳圈。他轻描淡写地唱出："爱情是盲目的，心碎的女孩，你是否真的看清了，你苦苦追寻的男孩，真的是你的爱人吗？"

"神是什么意思？"说自己肯定会犯困的金源，此刻精神抖擞。

"王爱陶，陶爱陈，说不定陈俊浩爱王一诺。"

雨岳和金源往声音的来源方向看去，旁边是更换了门票、坚持要坐在他们身边的芳芳，她脸上是一副大编剧看透一切

第7章
第一次告白

终极反转的表情。不过所有观众都能感觉到,这一切并没有表面上看起来那么简单。音乐声像拍打不尽的海浪一样袭来,浪头一个接着一个……

眼前的场景变成了人头攒动的教室,光线明亮,同学之间兴奋地传递着一张报纸。虽然刚才语文老师已经在教室里读过了,但对于作文登报这件事,大多数人都感到稀奇。林友看着课桌上的作业本,上面清楚地写着"初一(2)班方彦雪"几个字。谜底已经揭晓,林友找对了钥匙,但现在得占着别人的身体,去初一(3)班找自己,把未来会发生的事情说清楚。

方彦雪一起身,就感觉脑子里"叮咚"直响,一片漆黑里飘着6盏灯,灯境不稳定,舞台剧又进行了一半多,方彦雪赶紧从后门出去。

下课时间,林友本人正坐在靠窗的位置与同学说笑。方彦雪越靠近,心里的慌张和悸动就越不能控制,她甚至都不能喘气了,两腿直发软。直到她冒出放弃向林友说出真相的念头,干涩的喉咙才重新涌入空气,方彦雪用力地咳嗽起来。林友在窗口看到了这一幕,开了窗,关切地问道:"彦雪,你不舒服吗?"

方彦雪摇了摇头,看着关心自己的林友,没办法了,看来不属于自己的台词,是没法说出口的,她直接调转方向,回到班里,一把夺过同学手里的报纸,再次来到(3)班门口。林友已经趴在窗户上,看着又一次过来的方彦雪。

"你没事吧?嘴唇都白了。"林友关心地问。

方彦雪直接将报纸塞到林友怀里,说:"你看看!"

"什么啊?"

"我写的诗登报了。"方彦雪让自己的语气显得高傲。

"真的吗?这么厉害。"

"你这个态度可不对!"方彦雪看着林友还一副祝福的样子,她必须更用力地刺激她,"你以前作文写得不是挺好的吗?现在怎么没动静了?"

"啊?"

"你每天都是在混吗!和同学闲聊!看鬼故事!写点不痛不痒的周记!"

"你怎么知道我看鬼故事?"

"别这么混下去了!也去投点稿!参加一点比赛嘛!看看你厉害还是我厉害!"

林友不明白怎么突然就被人劈头盖脸地教训了一顿,对手里的报纸更是不知所措。

"报纸送你了!给你留作纪念!"

方彦雪说完就背过身,听到身后传来议论:"登报了就是不一样啊!"

她用力闭上眼睛,按着胸口安慰自己:"抱歉彦雪,原来是我在刺激我自己。"

回到班里,又有同学过来要报纸,方彦雪一一推开他们,一屁股坐在椅子上。仔细听着耳朵里音乐声的变化,感觉身边的场景又发生了变动,纸张翻动的声音变得更大了……

陶樱翻着手里的一个本子,空空的教室里只有她一人。体育课上,她回教室拿手绢,却意外撞到了王一诺的书本。

第7章
第一次告白

陶樱捡起来翻了翻，发现作业本是从后往前写的。陶樱声音颤抖地唱出，这是陈俊浩生前的习惯，为什么会发生在王一诺身上？

舞台上，两个班的学生围成了一个巨大的圆，体育老师提出玩丢手绢的游戏，考验学生的反应和奔跑速度。当陈俊浩拿着手绢时，所有人都开始起哄了，而陈俊浩不负众望，还真将手绢丢到了陶樱身后，他开始对这个女生有兴趣了。而陶樱还在思考之前看到的一幕，等到陈俊浩跑了一圈，抓到她，两人共同拉着一块手绢的两端，其他同学都隐入黑暗。陶樱问陈俊浩是否喜欢从后往前看书，陈俊浩笑着说如果看的是故事书，从后往前看都已经知道结果，还有什么意义。陶樱痛苦地回过头，王一诺身上亮起一缕光，他正一脸担忧地看着陶樱。

而这时神又出现了，他这回是在一个寒冷的地方度假，打着喷嚏裹着大棉袄对观众说，自己和他们开了个玩笑，原来从最开始，他就将初一的陈俊浩和王一诺进行了灵魂互换，又让他们意识不到这个问题，自然也不会说对陶樱说出这个秘密。

"小姑娘，时间不多了，我的假期也快结束了，既然你已经发现了真相，那就擦亮你的眼睛，好好看看，到底该选谁吧！"

"林友！"

林友猛地回过神，一位学生正举着空白稿纸要递给她，是一同过来参加作文竞赛的同校同学。林友赶紧接过，摸一摸自己的头发，短的！终于变成自己了，场景居然直接到了作文竞赛的考场。

她重读题目，开放式命题——人生中最有意义的经历。林友不用思考，就在稿纸上奋笔疾书，先从六年级开始写，依次往前，很快就写到了一年级。

"……僧人点完灯后，外婆拉着我的手，慢慢走过石阶。到了石阶尽头，外婆告诉我，我又大了一岁，她教育我要懂得感恩，珍惜现在的一切。之后她便匆忙赶回去帮忙了，而我拿着零钱，进寺庙买了三支香，点燃后，看着那丝丝缕缕的青烟，就像外婆说的那样，我感谢这一切。当我从寺庙出来，再次走那段石阶，我的视野似乎真的变亮了，我坐在台阶上，听着鸟叫，等着夜幕降临，相信身边的光亮会照亮我脚下的每段路。"

写完最后一个字，林友听到头顶传来"滋啦"一声，一个身影在面前跳了起来，又立刻摔倒了。林友伸出手，是玻璃罩，自己又出现在了煤油灯里，而罩子外面是13岁的自己，在垫子上踉跄地起身，还一边甩着手，奔跑着消失在了视野里。

"您好，我抄完了。"

林友听到再熟悉不过的声音，13岁的晴岳就在不远处，正将抄完的经文和毛笔递给僧人，然后打开煤油灯的玻璃罩，晴岳一下吹灭了自己的灯。

林友突然害怕起来，她接下来预备要做的就是和之前身处灯境中时一样，与晴岳说话，让他向自己走来。可之后呢？林友忍不住发抖，什么预想好的陪他回家，不和妈妈吵架，立刻赶来大林寺，可依照刚才的经验，自己连说句想说

{ 第 7 章 }
第一次告白

的话都困难,这些预想怕是根本不会发生吧!晴岳很可能一下就吹灭了煤油灯,而这段灯境从头至尾也只是在发生原本就发生过的事,根本不存在改变的选项,除非……

"您让我回到了过去,可您没有给我选择的权力。"陶樱痛苦地歌唱。

舞台上,出现了一个等腰三角形般的站位,陈俊浩和王一诺站在舞台的前方,他们都穿着同样的衣服,将黑色的帽子戴在头上,陶樱局促地站在后方。两个男生一同转过身,他们一起向陶樱表白。陶樱步步倒退,她不知道自己该怎么选择,就算她已经知道陈俊浩和王一诺发生了互换,可现在在初一的环境中,陈俊浩就是王一诺,王一诺就是陈俊浩,她选谁似乎都是错的。

"您帮帮我,请不要再折磨我。"陶樱哭喊道。

神出现了,他穿着法官的衣服,站在巨大的时钟前,一只手搭在纤细的秒针上,告诉陶樱:"时间到了,该做选择了。"

秒针转动,音乐声绵延,两个男生的表白像是压迫,可幕布在陶樱向两个男生都伸出手,但头却转向身后的时钟时,被拉上了。

"这是什么意思?陶樱到底选了谁?"金源最受不了这样的结尾。

"我就说陈俊浩和王一诺最合适,陶樱最好谁都别选。"

芳芳的话永远那么惊人,但这回却让雨岳听出些道理,她想到林友在本子上写的话,王蒙莎原本以为这是一个爱情故事，可最后，她发现这是一个探索自己的故事。"她选谁都是错，神都有理由判她是选错了。"

金源和芳芳沉吟着点头。

"死去的人不可能复活，她谁都不该选！神其实一早就知道了结局。"

"是这个意思吗？那为什么还让她选？"金源还是无法接受这个结局。

"神让她选的不是那两个男生。"雨岳分析道，"而是她自己！"

金源和芳芳还在努力理解。

"是留在过去，与陈俊浩一同离开这个世界，还是选择自己，回到现实生活。这个故事其实是想让陶樱放手！"雨岳分析完，突然就害怕了，"放手，过世的人不可能复活。"雨岳握紧了拳头，"已经发生的事不可能改变，那个问题之本……林友，不会我手里也有一把钥匙吧？！"

"你在说什么？"金源还没反应过来，就感觉身边的老婆"嗖"的一下起身了。

舞台上的幕布重新被拉开，演员们开始谢幕，观众发出热烈的掌声，但观众席里却有一个提前站起来的身影，不对，是两个。他们快速地挤出座位，金源见雨岳起身了，也跟着跑了出去。

站在走廊的工作人员前来阻止，雨岳一着急，直接冲着台上大喊："王蒙莎！林友，林友在哪儿！"

原本用布帘围起来的小空间，一直透出橙黄的光亮，但突然，光亮消失了，煤油灯灭了，里面也没传出任何动静……

第 8 章

尾声

DIANDENG
XUNJING

"我记得以前有盏灯,油盖和油嘴上裂了一条大缝,这几年一直没瞧见,你说会不会被谁拿走了?"一位瘦高的僧人正在数盒子里的煤油灯。

"大林寺从不丢灯。"

"你点过吗?一万盏,谁真的细数过。"

"大林寺从不丢灯。"

回答的胖僧人对此信心十足,两手各提了六盏灯,一转身,看到屋外有位穿着黄色上衣、白色灯笼裤的女子正朝这里走来,瀑布般的长卷发,眉眼间似乎有些疲惫,手里还提着一盏灯。

"我怎么说来着!"瘦僧人已经两眼放光,"肯定是那盏有裂缝的。"

"我来还灯。"林友走进屋内。

胖僧人打量着林友:"姑娘,我怎么看你这么眼熟?"

"我就住在周正村,小时候我丢过灯。"林友将手中的煤油灯高高提起。

瘦僧人立刻凑上前，煤油灯上的裂缝已经彻底消失了，与他正在排放的灯没有两样。"肯定还少了一盏。"瘦僧人失望地接过林友的灯。

胖僧人继续说着"大林寺从不丢灯"，摇摇摆摆地外出点灯去了。

林友注视着瘦僧人检查了一下灯油，觉得没什么问题，便顺手将它放进了一旁的盒子里，里面已经整整齐齐放了好多盏灯，都是预备晚上抄经用的。林友最后看了一眼煤油灯，转身离开了。

步行在寺内，还能听到不远处，村子里传来的唱戏声。林友上午在那里帮忙，半下午妈妈回来了，每家每户只需出一个劳动力，林友便早一步来大林寺。看到售香台子，便停下来买了三支香。这是她从小的习惯了，她撕开包装纸，将香头对齐，在烛火上慢慢点燃。等林友叩拜完，将香插进干净的香灰，看到另一头的供香炉前站着一个熟悉的身影。他并没有穿抄经服，而是一身便装。

"邹老师？"

邹华亭拍了拍手上的香灰，看向林友，迟疑了一下，但还是顺利地喊出了她的名字："林友，你今年怎么有空回来？"

林友微弓起身子，指了指寺外说："回来帮忙，您晚上一起吃晚饭吗？"

"晚饭就不了，我提前过来看看，以前家里人的习惯，总爱上支香什么的。"邹华亭努力表现得很平常，"那，要一起走走吗？"

林友立刻跟了上去。

{第8章}
尾声

学生时期，邹华亭不是林友的班主任，又是她并不擅长的数学科目的老师，所以林友多少对他有些陌生，但他是晴岳的父亲，再次见到，很多感觉都和以前不一样了。

邹华亭问起林友现在的情况，林友一一道来，像汇报功课一样认真。

"能把自己擅长的事变成工作，也是件幸运的事。"

"还是得很努力地想，越写发现越不简单。"林友如实说道。

"踏踏实实的，一步步来。"邹华亭鼓励道，打量着寺内，"你对这里熟吗？我往年都只是来上炷香。"

林友停住脚，说："抄经是在寺院的最后面，那里有一块大草坪。朝这个方向走，有片竹林。"林友指了指左侧方，"走过竹林有一整排包房，都是大林寺为夜宿者免费提供的住所，包房门上有各种各样的挂饰，莲花、小僧人，还有金龙鱼。"

"金龙鱼？"邹华亭表现出了兴致，"我们去看看吧。"

林友走前一步带路，边走脑子里边响起了昨晚雨岳对着煤油灯说的话。

"林友，我不知道你现在是在初一的灯境还是小学一年级的灯境，不管你现在在哪儿，我都希望你能听到我的话。昨天晚上我去了大林寺，看了那片竹林，现在已经没有鸟笼会挂在竹竿上了，但我好像还能听到那里的鸟叫声。我去了那间'金龙鱼'包间，门口的第二个盆栽下，有一把钥匙。我用那把钥匙打开了房门，里面和我想的不一样。寺庙给投宿者提供了一次性的洗漱用品，还有脸盆和热水壶，床铺也很柔软，被子都用干净的塑料袋封着。我看到墙上挂着一块

点·灯·寻·境
DIANDENG XUNJING

牌子,上面刻着,'愿每个留宿者,都能做个好梦。'有一位匿名捐赠者,给大林寺捐了两万块钱,我知道那是你……"

雨岳冲去了后台,找到了林友,重新点燃了煤油灯,对着当时已经陷入沉睡的林友说了很多心里话。已经发生的事没法改变,林友清楚这一点,但她不想让晴岳发现这盏煤油灯。可这个想法让火光熄灭了,林友在灯境中被大片的黑暗吞噬,她完全找不到出口,直到听到雨岳的话语,她所说的每个字都像一撮小火苗,火苗汇聚,重新点亮了林友的灯境。

但重新出现在眼前的场景却变成了周正村家里。林友依旧待在煤油灯里,她看到灯外有个身影在屋里忙乎,她一会儿上楼拿被子,一会儿又去厨房拿出一包红糖。最后对着镜子换了件新衣服,还仔细梳了梳头发。一张仅在照片上见过的面孔,来到了煤油灯外,她诚挚地看着火光,合起双手。

"老天保佑,一定要母子平安,如果是个男孩,保佑他聪明勇敢,以后和他外公一样,当家里的顶梁柱。如果是个女孩……"妇人脸上露出苦涩的笑容,"如果是个女孩,一定要比她妈妈好运,就保佑她在 20 岁的时候,遇一个万里挑一的男孩吧。"

林友从没想过会见到自己的亲外婆,听到她说那番话。其实她当初听到妈妈在病床上说外婆不希望她生个女孩时,心里闪过一丝酸楚。所以当她看到外婆的眉眼那么和善、期望那么真挚,她有些没回过神来,愣愣地看着外婆背着大包小包出门,脸上满是激动和欢喜,林友听见关门声,突然开始用力地拍玻璃罩,大喊着:"别走,我就是林友,我就在这

{第8章}
尾声

儿啊外婆。"

这些呼喊,伴随着非常矛盾的心痛,就像是在用一把很钝很钝的刀划拉心口,林友能感觉到煤油灯的底座在发生颤动,那条歪歪扭扭的裂缝,原来是林友心口的伤。

林友在悲痛中一直听到雨岳的声音,她在说她不确定是不是自己手里还有把钥匙,如果有,她希望林友能抓着它回到现实。

林友觉得心更痛了,她知道那最后一把钥匙是什么了,是外婆的希望,她希望林友能有一个和她妈妈不一样的20岁,希望林友能在20岁那年,遇一个万里挑一的男孩,而这个男孩,就是晴岳。已经发生的事没法改变,林友终于在灯里哭着喊起了晴岳的名字。

邹晴岳三个字像是能修复一切,让消失的画面重新出现,让破碎的场景重新愈合,林友又回到了抄经时的那场灯境,看着晴岳一步步走近,蹲在灯前,他看起来精神那么好、那么快乐,他用很明快的声音说道:

"你被落下了吗?走吧,跟我回家吧。"晴岳的笑容印在了玻璃罩上。

忙碌的僧人不时从身边经过,邹华亭与林友安静地在寺内逛了一圈,出门时看到僧人们抱着煤油灯从收灯处出来。

"邹老师。"林友很缓慢地说道,"我之前见到过一盏灯,上面有很大的一条裂缝,它在我身边待了几年,裂缝慢慢消失了。"

两人边说边跨过大林寺的门槛,出了寺院。邹华亭静静地听着，目光注视着快点完灯的胖僧人。

"我刚才把它交回了寺里，它现在和所有灯都一样了。"

邹华亭看向林友，神色非常平静："看来是你把它修好了。"

"是我修好了他吗？还是……"

"林友，任何情感都是相互的，不存在谁亏欠了谁。"邹华亭露出一丝笑容，"好好工作，好好生活吧，未来还长着呢。"

林友用力握紧了拳头，没有再说更多的话。

与邹老师告别，目送他开车离开后，林友独自坐在已经点燃了煤油灯的石阶上。她有些累，各种各样的思绪和情绪都在消耗她的精力。林友弓起双腿，将额头靠在膝盖上，沉吟道："抱歉了，没有成功。"

晴岳半蹲着出现在林友的视线里："辛苦你了，林友。"

泪水模糊了林友的眼睛："如果你没有拿那盏灯……"

"我们就不会认识，我一点都不希望这样。"晴岳的语调依旧那么明快，两只眼睛无比明亮。

"可我们现在要说再见了。"

晴岳摇了摇头："我们永远都不用说再见，我一直都在你的记忆里，你随时可以来找我，不过……"晴岳歪头一笑，"也别总来找我。"

"为什么？"

"因为记忆里的钥匙很有限，如果你有新问题，我不见得能帮你解决，但你多去经历一些新的记忆，到时你自己就

{第 8 章}
尾声

可以找到新的钥匙。"

"可我会很想你。"林友掉下了眼泪。

"那就想吧,被思念是件很荣幸的事。"

林友努力去感受晴岳伪装出的明快,白色的光芒刺痛了她的眼睛:"那你以后会怎么样?会一直留在空白里吗?会觉得无聊吗?"

晴岳咧嘴笑了:"我只是停下了,不会有任何痛苦,更不会觉得无聊。"

可林友看到晴岳红了眼眶,他小小的,永远那么孤独的一个人。

晴岳也注意到了越发刺眼的白亮:"没多少时间了,你还有什么话要和我说吗?"

林友用力咬着嘴唇:"回来的时候,不要一点痕迹都不留,这是你姐姐说的,你任何时候回来都不奇怪。"

晴岳用力点了点头。

"邹老师只要在家,就会将家里的门都开着,你没有钥匙也可以进去。"林友努力控制着抽泣,"还有……我知道真正喜欢一个人是什么感觉了。"

晴岳微笑的眼眶里有了晶亮的光泽。

林友用力将每一个字都说得很清楚:"是一种令人期待的愉悦,无论什么时候,我都期待见到你。"

晴岳站起来轻轻拥抱林友,像一阵温暖的光,他在林友耳边说道:"我真的很高兴能认识你,林友,很高兴能读你的故事……很高兴现在能和你说再见,我很高兴,真的……"

林友抬起头,她再也看不见晴岳了,只看到一条延伸出去的道路，前方有光又有阴影。

煤油灯上的裂缝消失了，但是心口那道被最钝的刀划开的伤口，要些时间才能愈合。林友明白，她现在不能再去动它了，必须等鲜红的伤口覆上坚硬的黑痂，等痂褪去，露出完全异于其他肌理的外表，等那个时候，它不再疼痛，它的与众不同里会包裹着动人的故事，万能的钥匙，还有那永远不会消散的、淡淡的，令人期待的愉悦。

大林寺的风铎发出清脆动人的声响，它们不再沉重，它们会变得像风一样轻灵。